LA RETRAITE SENTIMENTALE

COLETTE

ALICIA ÉDITIONS

PRÉAMBULE

En tant qu'éditrice, j'ai eu le privilège de redécouvrir l'œuvre de Colette et de constater l'incroyable talent qui se cachait derrière le pseudonyme de Willy. Les romans de la série des Claudine, initialement attribués à Henri Gauthier-Villars, alias Willy, révèlent une écriture sensible, moderne et profondément féminine qui ne pouvait être l'œuvre que d'une seule personne : Colette.

Les recherches historiques et littéraires ont indubitablement établi que Colette était la véritable auteure de ces romans. C'est pourquoi, consciente de l'importance de rendre justice à une écrivaine majeure, j'ai pris la décision de ne créditer que Colette sur les nouvelles éditions de ces œuvres.

Cette décision s'inscrit dans une volonté de rétablir la vérité historique et de permettre à Colette de briller de son propre éclat. En effet, pendant longtemps, l'ombre de Willy a occulté le talent exceptionnel de Colette, reléguant au second plan une voix singulière et novatrice dans le paysage littéraire français.

En créditant Colette en tant qu'auteure unique des « *Claudine* », je contribue à faire connaître et reconnaître l'une des figures les plus marquantes de la littérature française du XXe siècle.

Alicia ÉDITIONS

— *Renaud, vous savez ce que c'est que ça ?*

Il se détourne à demi, son journal sur les genoux ; sa main gauche écartée tient une cigarette, le petit doigt en l'air, comme une mondaine tiendrait un sandwich...

— *Oh ! Renaud, gardez la pose une minute ! C'est celle du « littérateur mondain » tel que le représente sa plus récente photographie dans Femina... Mais devinez ce que j'ai là ?*

Il regarde de loin, les sourcils froncés, le petit chiffon que j'agite en l'air, un petit chiffon jauni, large de deux doigts.

— *Ça ? c'est une vieille « poupée » qui a emmailloté un index endommagé, je pense... Jette donc ça, ma petite fille, ça a l'air sale !*

Cessant de rire, je m'approche de mon mari :

— *Ce n'est pas sale, Renaud, c'est seulement vieux. Regardez de plus près... C'est l'épaulette de la chemise de Rézi...*

— *Ah !*

Il n'a pas bougé, mais je le connais si bien ! Sa moustache presque toute blanche a remué imperceptiblement et ses jeunes yeux d'un bleu-noir d'étang ont noirci encore... Comme son émotion m'est douce et quel orgueil, chaque fois, de savoir qu'un seul de mes gestes remue jusqu'au fond l'eau sombre de ce regard !... J'insiste :

— *Oui, l'épaulette de la chemise de Rézi... Vous vous souvenez, Renaud ?*

La cendre de sa cigarette tombe sur le tapis.

— *Pourquoi l'as-tu gardée ? demanda-t-il sans répondre.*

— *Je ne sais pas... Est-ce que cela vous déplaît ?*

— *Beaucoup. Tu sais bien.*

Il baisse les paupières, comme il a coutume chaque fois qu'il va dire la vérité.

— *Tu sais bien que ce souvenir-là, debout entre nous deux, j'ai mis tout mon cœur à l'abolir, à...*

— *Pas moi, Renaud, pas moi !*

Il est sur le point de souffrir... Je m'élance, de la voix et du geste :

— *Comprenez-moi, chéri, je n'ai pas une pensée à vous cacher ; sachez pourquoi j'ai gardé ce chiffon ; voyez où je le conservais et en quelle compagnie !*

Je m'assieds, mon tiroir sur les genoux.

— *Voilà un vieux cahier de l'École, voilà une enveloppe où j'ai recueilli, en quittant Montigny, les pétales d'une rose cuisse-de-nymphe-émue... Voici la petite bourse en soie jaune et bleue, laide et touchante, que tricota Luce pour moi... Voilà un télégramme de vous... des photographies du théâtre de Bayreuth, un petit lézard sec que j'ai trouvé par terre, un fer de ma jument noire, celle qu'on a dû abattre... Tenez, ça c'est toutes les lettres d'Annie Samzun à côté des photographies de Marcel dans son costume de fille-fleur... Il y a des petits cailloux roses qui viennent du chemin des Vrimes, et une mèche de mes cheveux longs d'autrefois, roulée en bague... Il y a vous-même, voyez : cet instantané qu'on vous prit à Monte-Carlo, où vous êtes si parfaitement ridicule et si correctement élégant ! Pourquoi n'aurais-je pas gardé aussi ce chiffon de linon que vous qualifiez de linge à pansement ? Il est là pour me rappeler une minute de notre vie d'égoïstes à deux qui commirent cette sottise de croire — pas longtemps ! — qu'on le peut être à trois... Laissez-le-moi, Renaud, qu'il demeure dans ce fouillis sans dates qu'est notre passé ! Court et délicieux, et vide passé, vie remuante d'oisifs affairés ! C'est là-dedans qu'indifférente à l'avenir je plonge et je me mire, car je n'y trouve rien que nous-mêmes !... Non, non, vous vous trompez ! Rézi, c'est nous aussi. C'est un vagabondage un peu plus périlleux, un chemin où j'ai failli vous perdre, où vous aviez quitté ma main, cher... Oh ! si vous saviez combien j'y songe ! Appelez-moi sans amertume votre « vagabonde assise » ! J'évoque passionnément ma douleur de ce temps-là, comme on imagine, du fond d'un lit tiède le froid du dehors, la pluie sur la nuque, une route de banlieue galeuse, jalonnée d'arbres gémissants... Ne m'enlevez pas une miette de notre passé ! Plutôt, ajoutez des anneaux à cette parure de sauvagesse où je suspends des fleurs, des coquillages irisés, des morceaux de miroir, des diamants et des amulettes...*

Il n'y avait point de place pour toi, mon enfant chérie, dans cet hôpital sonore et verni où toute surface miroite, gelée de refléter le ciel, rien que le ciel ! Tes yeux, ô ma bête charmante, n'y auraient-ils pas perdu leur moire mouvante et dorée, où semble toujours se balancer l'ombre d'une branche ?...Et, d'ailleurs, c'était défendu ! Laisse, va, lis ceci sans que l'angoisse tire les coins de ta chère bouche et fasse remonter ta courte lèvre d'en haut... Il y a dans ma chambre, pendu au mur gelé, un « Règlement » où toutes les accolades ont la forme de ta lèvre supérieure : c'est le seul objet d'art qui pare la nudité de la pièce... Laisse, je te dis, laisse, mon enfant, ton vieux mari entre les quatre murs de ce frigorifique ; on traite de même le poisson qui manque de fraîcheur...

Je n'ai pas encore retrouvé le sommeil, Claudine. Ils ne savent pas pourquoi. Un médecin très doux, si doux que j'ai l'impression d'être devenu un fou qu'on craint de contrarier, m'assure que c'est très normal ces insomnies. Très normal, assurément. Mon abeille endormie, toi qui dors silencieuse et le front dans tes bras, tu les entends ? C'est très normal — surtout au commencement. Attendons la fin.

À part ce détail négligeable, tout va bien. Les mots de « phénomènes de la nutrition », de « voies digestives », de « gros côlon », de « paresse du cœur » (paresse du cœur, Claudine !) rebondissent *contre les lisses parois de ma chambre comme de beaux lépidoptères...*

Écris-moi. Vois-tu comme mon écriture est claire et redressée ? C'est que je m'applique. Mille choses à Annie. Et rien pour toi que mes pauvres bras fatigués, puisque tu m'es défendue...

Renaud.

« *Je n'ai pas de nouvelles de Marcel. Occupe-toi un peu de lui. Il avait des besoins d'argent inquiétants le mois passé.* »

Assise, le dos las, les mains ouvertes, je reste là comme une bonne : une promise poyaudine, qui vient de lire la lettre de son « pays » parti sous les drapeaux n'a pas les yeux plus déserts, la pensée plus gourde que moi... Renaud est là-bas, et moi, je suis ici. Je suis ici, et Renaud est là-bas... Cette idée-là fait entre là-bas et ici, entre la Suisse et Casamène, un va-et-vient fatigant, un cliquetis de navette qui travaille à vide...

Une petite voix timide dit derrière moi :

— Ce sont de bonnes nouvelles ?

Je me détourne avec un soupir :

— De bonnes nouvelles, oui, Annie, merci.

Elle incline la tête sur son cercle à broder, une espèce de tambour de basque tendu de soie fleurie. Ses cheveux lisses sont d'un noir absolu, d'un noir sans roux ni bleu, d'un noir qui étonne et satisfait le regard. Quand on voit au grand jour les cheveux d'Annie, on n'est tenté par nulle comparaison, ni le bleuté de l'hirondelle, ni le luisant de l'anthracite fraîchement concassé, ni le noir fauve de la loutre... Ils sont noirs... comme eux-mêmes, et voilà tout. Ils la coiffent d'un bonnet lisse et serré, qu'une raie de côté incline un peu sur l'oreille. Sur sa nuque bat une queue d'étalon, lourde, tordue sans art.

Il n'y a pas de créature plus douce, plus têtue, plus modeste qu'Annie. De sa fugue qui dura trois ans, de son divorce clabaudé, elle n'a gardé ni vanité, ni rancune, ni rancœur. Elle vit à Casamène toute l'année — toute l'année ? qui le sait ? pas même moi, sa seule amie... Sa peau kabyle ne vieillit pas, et j'ai peine à découvrir, dans le bleu frais de ses yeux, la secrète assurance de se connaître mieux, de s'appartenir complètement. Par le maintien, elle reste la pensionnaire aux épaules battues. Au centre de ce jardin roux, elle semble prisonnière. Elle brode volontiers, inutile et muette, assise contre la fenêtre. Eugénie Grandet ou Philomène de Watteville ?...

Moi qui me plais, vagabonde paresseuse, à écouter voyager les autres, je n'ai rien pu tirer de ma brodeuse aux longs cils. Quelquefois elle s'éveille, commence : « Un jour, à Buda-Pesth, le même soir où je me suis fait insulter par ce cocher... — Quel cocher, Annie ? — Un cocher... comme ça... comme tous les cochers... Je ne vous l'avais pas raconté ? — Non. Vous disiez donc qu'un jour, près de Buda-Pesth ?... — Un jour... oh ! je voulais dire seulement que les hôtels sont si mauvais dans ce pays-là !... Et on est mal couché, si vous saviez ! » Là-dessus, elle abaisse ses cils, comme si elle avait dit une inconvenance.

Elle a pourtant vu des pays, des ciels, des maisons qu'un granit étranger fait plus mauves ou plus bleues que les nôtres, elle a vu des terres pelées, râpées de soleil, des prairies qu'une eau cachée rend élastiques et drues, des villes où je dirais les yeux fermés, rien qu'à l'odeur, qu'elles sont de l'autre côté de la terre... Est-ce que toutes ces images fugitives n'ont pas encore atteint le fond de ses yeux ?

En ce moment, je vis chez Annie, et je supporte sa présence sans efforts, parce que je l'aime d'une espèce d'amitié animale et chaste, et parce que je suis libre à côté d'elle, libre de penser, de me taire, de fuir, de revenir à mon heure. C'est moi qui dis : « J'ai faim », qui sonne pour le thé, qui apprivoise ou taquine la chatte grise, et Toby-Chien me suit, fanatique. En vérité, je suis l'hôtesse : je m'épanouis dans les rockings et je tisonne l'âtre, tandis qu'Annie, assise à moitié sur une chaise cannée, brode, d'un air de parente pauvre. Parfois, j'en ressens une honte agacée : vraiment, elle exagère son absence, son effacement... » Annie, il y a trois jours que le mur écroulé barre l'allée, vous savez. — Oui, je sais. — Il vaudrait peut-être mieux dire qu'on le relève ? — Oui, peut-être... — Vous le direz ? — Si vous voulez. » Je me fâche :

— Enfin, ma chère, ce que j'en dis, c'est pour vous !

Elle lève ses yeux charmants, l'aiguille en l'air :

— Moi ? ça m'est égal.
— Ben, vrai ! Moi, ça me gène.
— Dites-le au jardinier.
— Je n'ai pas d'ordres à donner ici, voyons !
— Oh ! si, Claudine. Donnez-les tous, relevez les murs, coupez les bois, rentrez le foin, je serai si contente ! Donnez-moi l'illusion que rien n'est à moi, que je puis me lever de cette chaise et partir, ne laissant de moi que cette broderie commencée...

Elle se tait soudain et secoue la tête, tandis que sa queue d'étalon lui bat les épaules. Et je fais relever le mur, fagoter le bois mort, élaguer les arbres, rentrer le regain, — ça me connaît !

Il y a un mois environ que je suis à Casamène. — un mois que Renaud gèle, là-haut, tout en haut de l'Engadine. Ce n'est pas du chagrin que j'endure, c'est une espèce de *manque*, d'amputation, un malaise physique si peu définissable que je le confonds avec la faim, la soif, la migraine ou la fatigue. Cela se traduit par des crises courtes, des bâillements d'inanition, un écœurement malveillant.

Mon pauvre beau ! Il ne voulait rien me dire, d'abord : il cachait sa neurasthénie de Parisien surmené. Il s'était mis à croire aux vins de coca, aux pepto-fers, à toutes les pepsines, et un jour il s'est évanoui sur mon cœur... Il était trop tard pour parler de campagne, de régime doux, de petit voyage : tout de suite, j'ai deviné, sur des lèvres réticentes du médecin, le mot de *sanatorium*...

Renaud ne voulait pas : « Soigne-moi, Claudine ! tu me guériras mieux qu'eux ! » Et je lisais, dans le bleu-noir terni de ses prunelles, l'enragement jaloux de me laisser seule à Paris, une telle frousse de propriétaire que j'en éclatai de rire et de larmes — et que je rejoignis Annie à Casamène, pour faire plaisir à Renaud.

Je me mets debout. Il faut que j'écrive à un carrossier, au secrétaire de la *Revue diplomatique*, au fourreur qui garde mes peaux, que j'envoie l'argent du terme à Paris, quoi encore ?... J'en suis lasse d'avance. Renaud s'occupait de presque tout. Ah ! que je suis lâche et peu dévouée ! J'écrirai d'abord à Renaud, pour me donner du courage.

— Je vais écrire, Annie. Vous ne sortez pas ?

— Non, Claudine, vous me retrouverez ici.

Ses yeux soumis guettent mon approbation ; en passant, je baise ses cheveux brillants et plats qui n'ont jamais été frisés, ni ondulés, ses cheveux tout simples qui ne sentent que la bête propre. Cette épaule qui plie sous ma main... mauviette... ce n'est pas elle que je voudrais serrer ! Quand me sera rendue l'épaule, plus haute que moi, où je me hisse à la manière des chats, de mes dix doigts qui se cramponnent ? Je n'aime plus que les baisers qui tombent de haut et pour lesquels je renverse la tête, comme à la rencontre d'une savoureuse pluie d'été...

Ma petite amie a senti passer quelque chose dans mon baiser :

— Claudine... Renaud va bien, vraiment ?

Je me mords la langue un bon coup ; je ne sais pas de meilleur remède contre les larmes.

— Vraiment, mon petit... L'écriture est ferme, il mange, il se repose... Il me demande même de m'occuper de Marcel. Marcel a passé l'âge des bonnes, je pense. Je veux bien lui envoyer de l'argent — et encore !...

— Il est très jeune, n'est-ce pas ?

Je me récrie :

— Très jeune ! pas tant que ça ! Nous sommes du même âge, Marcel et moi.

— C'est ce que je voulais dire, insinue Annie, qui est bien élevée.

Je lui souris dans la glace au-dessus de la cheminée. Très jeune... non, je ne suis plus très jeune. J'ai gardé ma taille, ma liberté de mouvements ; j'ai toujours mon vêtement de chair étroite qui m'habille sans un pli... J'ai changé tout de même. Je me connais si bien ! Mes cheveux couleur de châtaigne étoffent toujours, nombreux, pressés en boucles rondes, l'angle un peu trop aigu d'un menton qu'on s'accorde à trouver spirituel. La bouche a perdu de sa gaîté et, au-dessous de l'orbite plus voluptueuse mais aussi plus creusée, la joue s'effile, longue, moins veloutée, moins remplie : le jour frisant y indique déjà le sillon — fossette encore, ou ride déjà ? — qu'y modèle patiemment le sourire... Les autres ne savent pas tout cela, je suis seule à noter la désorganisation initiale. Je n'en prends point d'amertume. Un jour, une femme qui m'aura vue dira : « Claudine est fatiguée, aujourd'hui. » Quelques mois après, un des amis de Renaud m'aura rencontrée : « J'ai vu Claudine, aujourd'hui ; elle a reçu un sacré coup de vieux, cet été ! » Et puis... et puis...

Qu'est-ce que ça fait, si Renaud ne veut pas savoir que je vieillis ? L'essentiel, à présent, ce sera de ne plus le quitter, de ne pas le laisser m'oublier vingt-quatre heures pour qu'il n'ait pas le temps de penser à moi, à moi qu'il ressuscite à toute minute sous les traits d'une fraîche enfant dont les yeux horizontaux, la lèvre « en accolade » et les cheveux couleur de bronze refirent de lui un jeune amoureux.

Quand il reviendra, je serai sous les armes : un peu de kohl bleu entre les cils, aux joues le nuage de poudre écrue couleur de ma peau, un coup de dents pour aviver la bouche... Mon Dieu ! à quoi vais-je penser là ? Ne faudra-t-il pas, oubliant mon entrée en scène, que je coure, que je le soutienne fatigué de son voyage, que je l'emporte et que je l'imprègne de moi, que je peuple l'air où il respire ?...

Je me détourne de la glace où les yeux d'Annie rencontrent mes pensées...

L'automne éblouit ici. Annie vit parmi cet embrasement, froide et reposée, presque indifférente, et je m'en indigne. Casamène est perché sur l'épaule ronde d'une petite montagne crépue de chênes bas, qu'octobre n'a pas encore mordu de sa flamme. Alentour, ce pays, que j'aime déjà, réunit l'âpreté d'un midi de mistral, les pins bleus de l'est, et du haut de la terrasse de gravier, on voit luire, très loin, une froide rivière, argentée et rapide, couleur d'ablette.

Le mur de clôture s'écroule sur la route, la vigne vierge anémie sournoisement les glycines, et les rosiers qu'on ne renouvelle pas dédoublent leurs fleurs, redeviennent églantiers. Du labyrinthe, puérilement dessiné par le grand-père d'Annie, il reste un fouillis d'érables, d'alisiers, des taillis de ce qu'on nomme à Montigny « pulains », des bosquets de végelias démodés. Les sapins ont cent ans et ne verront pas un autre siècle, parce que le lierre gaine leurs troncs et les étouffe... Quelle main sacrilège tourna sur son socle la dalle d'ardoise du cadran solaire, qui marque midi à deux heures moins le quart ?

Les pommiers âgés donnent des fruits nains à mettre sur les chapeaux, mais une treille de muscat noir, mystérieusement nourrie, s'est élancée, vigoureuse, a couvert et effondré un poulailler, puis, ressaisissant le bras d'un cerisier, l'a noyé de pampres, de vrilles, de raisins d'un bleu de prune qui s'égrènent déjà. Une abondance inquiétante voisine ici avec l'indigence pelée des rocs mauves qui crèvent le sol, où la ronce même ne trouve pas de quoi suspendre ses feuilles de fer hérissé.

La maison d'Annie est une basse vieille maison à un étage, chaude l'hiver et fraîche l'été, un logis sans atours, non sans grâce. Le petit fronton de marbre sculpté — trouvaille d'un grand père nourri de bonnes lettres — s'écaille et moisit, tout jaune, et sous les cinq marches descellées du perron, un crapaud chante le soir, d'un gosier amoureux et plein de perles. Au crépuscule, il chasse les derniers moucherons, les petites larves qui gîtent aux fentes des pierres. Déférent, mais rassuré, il me regarde de temps en temps, puis s'appuie d'une main humaine contre le mur, et se soulève debout pour happer... j'entends le « mop » de sa bouche large... Quand il se repose, il a un tel mouvement de paupières, pensif et hautain, que je n'ai pas encore osé lui adresser la parole... Annie le craint trop pour lui faire du mal.

Un peu plus tard, vient un hérisson, un être brouillon, inconséquent, hardi, froussard, qui trotte en myope, se trompe de trou, mange en goinfre, a peur de la chatte, et mène un bruit de jeune porc lâché. La chatte grise le hait, mais ne l'approche guère, et le vert de ses yeux s'empoisonne quand elle le regarde.

Un peu plus tard encore, une délicate chauve-souris, très petite, me frôle les cheveux. C'est l'instant où Annie frissonne, rentre et allume la lampe. Je reste encore un peu pour suivre les cercles brisés de la « rate-volage » qui crisse en volant, comme un ongle sur une vitre... Et puis je rentre dans le salon rose de lumière, où Annie brode sous l'abat-jour...

— Annie, que j'aime Casamène !
— Oui ? quel bonheur !

Elle est sincère et tendre, toute brune dans la rose lumière.

— Je l'aime, figurez-vous, comme une chose à moi !

Le bleu de ses yeux se fonce légèrement : c'est sa manière à elle de rougir...

— ... Vous, Annie, vous ne trouvez pas que Casamène est une des passionnantes et mélancoliques extrémités du monde, un gîte aussi fini, aussi loin du présent que ce daguerréotype de votre grand-père ?

Elle hésite :

— Oui, autrefois je l'ai aimé, quand j'étais petite. Je croyais au labyrinthe, à l'infini de l'allée qui revient sur elle-même... On m'a dégoûtée de Casamène. Je m'y repose... je m'y pose... là ou ailleurs !...

— Incroyable ! dis-je en secouant la tête. C'est un endroit que je ne voudrais céder à personne ; si j'avais Casamène...

— Vous l'avez, dit-elle doucement.
— Oui, je l'ai... et vous avec... mais...
— Casamène est à vous, insiste Annie avec sa douceur têtue. Je vous le donne.
— Petite toquée, va !
— Non, non, pas si toquée ! Vous verrez, je vous donnerai Casamène, quand je repartirai...

Je sursaute et la regarde en face. Elle vient de couper une aiguillée de soie et pose ses ciseaux auprès d'elle. Repartir ! Elle a l'air assise là pour l'éternité !

— C'est sérieux, Annie ?
— Que je vous donne Casamène ? Assurément, c'est sérieux.
— Non, voyons... que vous pensez à repartir ?

Elle me laisse attendre une minute, regarde à la dérobée la vitre brillante derrière laquelle se presse une nuit massive, et lève un doigt :

— Chut ! dit-elle. Pas ce soir, dans tous les cas...

Sa mine ambiguë me passionne tout de suite. C'est un tel bonheur de voir quelqu'un jaillir de soi-même, se montrer — par orgueil, par inconscience ou par simple malice qui veut surprendre — se montrer dans la lumière et dire : « Je ne suis pas ce que vous pensiez ! »... Il y a du plaisir à s'attacher à ceux qui nous trompent, qui portent le message comme une robe très parée et ne l'écartent que par un désir voluptueux de nudité. Je n'ai pas aimé moins Renaud dans le temps qu'il me trompait, et qui sait si l'image de Rézi ne m'est pas demeurée plus chère pour ce qu'elle me cachait que pour ce qu'elle m'a livré ?...

Cette Annie passive, dont nous haussions les épaules avec une pitié gentille, qui l'aurait cru ? Elle a secoué son mari et son mariage simplement, sans fracas, comme ces chiens souples qu'on attache et qui sortent de leur collier fermé en se râpant un peu les oreilles...

— Vous voulez repartir, Annie ? Encore repartir !

Elle suce son doigt piqué et remue enfantinement la tête :

— Je n'ai rien dit de pareil... Admettons... Je fais un petit voyage...

Qu'elle m'amuse avec son air posé de parfait notaire, aux lèvres scellées par le secret professionnel !

— Bon sang ! Annie, vous n'avez pas besoin de tant de chichis avec moi ! Vous voulez partir ? Partez ! Et que ma présence ne vous retienne pas, au moins !

— Ne vous fâchez pas, Claudine ! Il ne s'agit pas de partir... pas encore... C'est seulement...

— C'est seulement ?

Elle rapproche sa chaise, niche mes mains au creux de mes genoux et les pelotonne comme elle y coucherait son cœur, son cœur gros de l'envie de parler, de l'envie de se taire... Elle regarde encore du côté des fenêtres, avec l'appréhension, on dirait, que le poids de cette nuit douce qui s'y appuie ne les fasse voler en éclats...

L'heure est aussi mystérieuse que minuit. Aucun bruit n'arrive de la cuisine lointaine, mais des pattes onglées de rat courent entre les planchers... le vent déjà fort rabat parfois dans la cheminée une fumée odorante de pin brûlé, et la chatte grise, pour annoncer le froid, a replié sous elle ses quatre pattes. La lampe vive éclaire jusqu'à la taille la jupe d'Annie ; mais sa figure allongée comme une aveline demeure, dans une ombre vermeille et foncée, pareille à une statuette d'argile rosée.

Elle me tient les mains, elle est tout près de moi, elle ouvre et referme les lèvres, elle parlera... non... si...

— Écoutez, Claudine...

— J'écoute, chérie.

— Vous ne savez pas, vous, ce que c'est que l'envie de partir ?

— Heu... il y aurait bien à dire là-dessus, et il serait peut-être excessif de prétendre que je ne souhaite pas, à de certaines heures... y aller de mon petit voyage...

— Ne riez pas ! Je voudrais que vous me compreniez. L'envie de partir... il y a un tas de gens qui ne se doutent pas de ce que c'est. C'est une maladie, un empoisonnement ; ce n'est même pas une idée, Claudine ! Je vous jure que c'est à peine mental. Je comparerais cela, plutôt, à un... à un kyste qu'on porte avec soi et qui mûrit tout doucement, dont on sent le poids de jour en jour plus lourd... Pendant que je mange, pendant que je dors ou que je brode, j'ai là, ici, tout autour, cette chose qui me tire obstinément : mon envie de partir. On ne le dirait pas, hein ? je cache bien mal ?...

Elle fait avec les mains et les épaules des gestes touchants de malade en consultation, cherche à situer son bobo, tâte sa tête et ses flancs ; ses yeux, mauves le soir, me questionnent... Je caresse ses cheveux pour la calmer :

— Pauvre petit ! il fallait me le dire... Quel est le pays qui vous tente si fort ?

Elle lève ses épaules avec lassitude :

— Est-ce que je sais ? Tout m'est égal, pourvu...

— Oh ! alors... un abonnement au chemin de fer de ceinture, voilà ce qu'il vous faut.

Elle ne rit pas et continue :

— Notez bien, Claudine, je ne dis pas que je partirai. J'ai envie de partir !

— Et vous vous retenez. C'est comme ça qu'on s'abîme la santé.

— Oh ! ma santé... elle en a vu bien d'autres !

Une singulière, une équivoque ironie vient de couler dans son regard. Je me recule un peu, comme si on m'avait tout d'un coup déguisé mon Annie en petite prostituée :

— Je pouvais l'ignorer, Annie. Autrefois, vous me disiez tout.

Je mens, car Annie ne s'est jamais beaucoup racontée. Mais le reproche la touche :

— Je voudrais bien tout vous dire, Claudine... mais il y en a trop, trop, trop !

À chaque « trop », elle a hoché plus bas la tête, comme on vide en trois flots un vase penché.

— Vous ne me direz que le plus vilain...

Le même regard lent, lascif, qui se détourne... puis elle glisse à mes pieds dans un besoin puéril d'humilité physique, un instinct féminin d'agenouillement et de dévotion :

— J'ai tout fait, Claudine, tout ! et je ne l'ai jamais dit à personne !

Puis elle cache sa tête dans mes mains et attend... quoi ? que je la gronde ? Que je lui inflige trois dizaines de chapelet ? Que je l'absolve ?... Je gouaille :

— Tout ? c'est pas beaucoup, vous savez ! J'ai souvent réfléchi avec mélancolie à la monotonie des choses de l'amour.

Elle redresse sa tête décoiffée, montre une bouche effarée d'étonnement, des yeux qui semblent avoir rebleui dans l'obscurité de mon giron :

— La monotonie de... Eh bien ! vous êtes difficile, vrai !

J'éclate de rire, tant l'aveu est franc, admiratif, plein d'un respect tout neuf, entier, pour ces « choses de l'amour »...

— Mes compliments, Annie ! mes compliments... à *lui* surtout !

Elle s'est relevée, tire modestement la boucle de sa ceinture, épingle une mèche noire qui pendait sur sa joue contrite.

— Il n'y a pas de *Lui*, Claudine.

— Ah ! c'est *Elle* qu'il faut dire ?

Un drôle de petit serpent, que je croyais mort, agite ses tronçons au fond de moi... Mais Annie :

— Non plus ! avoue-t-elle tout bas. C'est... *Eux*.

— « Eux ! » Ah ! bien !...

Je n'en puis dire plus, médusée. Eux ! Combien ? Sept, ou trois cents ? Un couple, ou un bataillon ? Eux ! J'éprouve une espèce de déférence, la considération qu'inspire l'impossible, moi de qui la peau sauvage ne se put donner qu'à un seul...

Un soupir répond au mien... un soupir de Toby-Chien, prostré, un de ces soupirs profonds et ridicules de petit bull que semble arracher de sa poitrine émue la détresse universelle... Toby-Chien a du tact et le sens des situations. Annie, les yeux mouillés, rit d'énervement, et Toby-Chien lève vers nous des yeux blancs de nègre dévot... La détente s'achève en fou rire et Annie tombe dans mes bras.

— Je vous dirai tout, Claudine !... Tout ce que je sais, du moins.

— Comment ? ce que vous savez ? C'est un cas de somnambulisme ?

— Non... Laissez-moi reprendre ma broderie pour me donner une contenance.

J'attends la belle histoire, confortablement enfoncée au creux d'un fauteuil en bain de siège. Devant moi, la tête d'Annie avec sa coiffure d'hirondelle se détache sur la tenture de cretonne, d'un mauvais goût éclatant dont la franchise réconforte. Mon amie se recueille trop longtemps : je crains de lui voir perdre son courage, et je commence :

— Il y avait une fois...

— Il y avait une fois, répète-t-elle, docile, un hôtel à Bade, au bord d'une petite rivière où il était défendu de cracher, entouré d'un gazon qu'on balayait au balai-brosse tous les matins... Il y avait une chaleur terrible, de la musique partout, de la lumière électrique dans tous les coins, des chambres trop blanches, trop gaies, et moi qui ne l'étais pas assez. Il y avait une salle à manger scintillante avec mille petites tables, et des diamants sur des femmes, et des hommes habillés comme Toby-Chien, en noir, avec un devant blanc aveuglant. Ah ! que j'étais noire de peau et d'âme dans tout ce rayonnement !... Il faut vous dire que j'avais un voisin à la petite table à côté de la mienne...

— Ah ! ah !

— Il m'avait ramassé mon ombrelle... Non, ce n'est pas comme ça que ça avait commencé ! Je l'avais rencontré dans l'escalier, et il m'avait dit... Non, il ne m'avait pas parlé cette fois-là ; mais enfin il y a la manière de regarder, n'est-ce pas ? et à table aussi... Oh Claudine, je ne sais plus ce que je dis ! Jamais je ne pourrai tout raconter... Ça a l'air si brutal en si peu de mots...

Elle embrouille son aiguillée de soie, devient moite et se désole.

— Mais ça ne fait rien, mon petit ! Résumez, résumez : les grandes lignes seulement !

Elle se repose un peu, essoufflée, bat des cils, cache son regard, et d'une voix plus basse :

— Eh bien ! voilà... Un soir, il est entré dans ma chambre et je ne savais pas son nom. Croyez-vous !... Il était beau, foncé, comme moi, avec l'air si impérieux que j'ai pensé à Alain et que je me suis sentie sans forces, comme si j'allais tomber... J'ai cru que tout recommençait, que le sort me punissait d'être partie, qu'un autre joug, pire que le premier, devait me domestiquer encore...

— Et puis ?

— Et puis, mon Dieu, comment vous dire ?... Rien qu'au toucher de ses mains nues, je n'ai plus su qui j'étais, et lui, ça m'était bien égal de ne pas pouvoir lui donner un nom !... Il m'a parlé avec des mots horribles...

Elle se détourne et je vois gonfler les muscles de son cou...

— Il m'a appris des... ignominies, des choses que personne ne fait... ou, du moins, je le croyais... Il m'a traité comme...

— Comme une fille...

— C'est ça !... Et j'ai tout supporté sans révolte : il me semblait que je me baignais, que je n'étais plus qu'une peau dont les pores avaient cinq sens pour goûter le péché... Songez... songez que je l'ai à peine regardé, lui ! Je l'ai regardé une bonne fois, pour apprendre d'un coup sa beauté sans noblesse, le blanc de ses dents et de ses yeux, les saillies ombrées de ses muscles, le luisant de ses cheveux trop bouclés, — et puis j'ai fermé les yeux, pour mieux sentir... Un moment, je me souviens, j'avais comme le mal de la balançoire, j'ai rouvert les yeux, j'étais en travers du lit, presque glissée, la tête en bas, et j'ai vu seulement le dessous d'un fauteuil, le dessin du tapis, l'extrémité noire de ma natte qui traînait... Dieu sait ce qu'il pouvait faire de moi à ce moment-là !...

— Vous n'avez pas eu la curiosité de vous en informer ?

Elle écarte les doigts de son visage honteux, et ses yeux, d'un azur vide où la pupille n'est qu'un point d'encre noire, contemplent à travers les miens le brûlant souvenir...

— Voir, c'est bien secondaire, murmure-t-elle d'une voix fatiguée.

— Je ne suis pas de votre avis, Annie.

Et ce que j'évoque d'autrefois, d'hier, fait que je mords, sur mes lèvres, la forme d'autres lèvres...

— Mais le lendemain, Annie ?

Elle jette vers le plafond ses petites mains brunes.

— Ah ! Claudine, c'est ça qui et le pire ! Naturellement, le matin, toute seule, je n'osais seulement plus me regarder dans la glace... Je mourais de faim et je ne sonnais pas mon chocolat, je me criais : « Misérable, tu peux encore songer à manger, à vivre comme tout le monde ! Tu vas descendre, rencontrer ce... cet individu, t'asseoir dans la même salle à manger que lui, il va peut-être te saluer et tu ne sais même pas son nom !... »

— Moi, j'aurais couru le demander au bureau de l'hôtel.

— C'est ce que j'ai fait, dit-elle naïvement.

— Je suis sûre qu'il avait un beau nom espagnol à compartiments, hein, avec des *y* pour séparer ?

— Mais non ! se récrie-t-elle, presque fâchée, il s'appelait Martin.

— Pas même Martinez ? Il aurait bien pu faire cela pour vous, franchement !

Elle incline la nuque, non pas si vite que je ne voie son singulier sourire, celui d'une Annie inconnue.

— Il avait fait tant de choses pour moi..., insinue-t-elle avec une lointaine douceur.

— Et puis, Annie, la nuit d'après ?

— La nuit d'après ?

Elle m'offre ses yeux tout ouverts, limpides, et fièrement :

— La nuit d'après, j'ai fait des malles et je suis partie pour Nuremberg ?

— Ah !... Que c'est bête !... Pourquoi ?

— J'avais peur, chuchote Annie en baissant les cils... Peur de recommencer, peur de devenir la proie quotidienne de cet homme, peur pour ma liberté, oh ! ma liberté encore toute neuve et maladroite !... et puis, vraiment, Claudine, ce garçon-là, eh bien ! je crois que c'est lui qui m'a pris ma perle rose...

Que dire ? Pauvre Annie... l'aventure est banale et se fût avilie à durer plus d'une nuit.

Annie se tait, penchée sur quelle image ? Le dessin du tapis, le dessous du fauteuil, l'extrémité d'une tresse noire qui pend de sa nuque à la renverse...

— Annie !... Annie !...

— Quoi ? fait-elle en sursaut.

— La suite !... le chapitre deux... le second passant divin...

— J'ai soif, soupire-t-elle.

— Oui, vous boirez. Mais dites d'abord. Je ne vais pas sonner maintenant, faire entrer Augustine qui vous verra toute chaude et décoiffée et qui supposera je ne sais quoi...

Elle cède à ma demande, comme au désir de l'inconnu.

— Il n'y a pas de suite immédiate, Claudine. J'ai fui cet homme-là, comme j'avais fui Alain ; je prenais peur assez vite dans ce temps-là, et les premiers jours je me suis crue délivrée de moi-même comme de lui. Ah ! Claudine ! c'est là vraiment que le mal commence. Le regret, Claudine, le regret sous sa forme la plus physique, la plus cuisante, la plus crédulement désespérée... Oui, crédulement, vous ne comprenez pas ? Entendez donc que j'ai cru, plus nice qu'une pensionnaire, au pouvoir exclusif de cet inconnu que je fuyais ! J'ai cru, jusqu'à en pleurer, qu'un hasard souverain m'avait jetée nue et obéissante en travers du chemin de cet homme, l'homme de ma chair, mon « double » mâle, de qui j'étais comme l'empreinte creuse et exacte...

« Le jour où l'on m'a répondu télégraphiquement de l'hôtel de Bade — car j'avais écrit : — « M. Martin parti pour destination inconnue », Claudine, ce jour-là, je me suis mise à crier tout haut, en tendant les bras vers tout ce qu'il m'emportait ! J'ai voulu mourir, envoyer à sa recherche les gens d'une agence de renseignements, j'ai voulu boire de l'éther... jusqu'à...

— Jusqu'à chérie ?

Sa tête se couche sur mon épaule avec un soupir heureux d'arrivée.

— Jusqu'à ce que je me sois aperçue qu'un autre homme, que plusieurs autres hommes, que beaucoup d'autres hommes pouvaient me rendre ce que pleurait ma quasi-ignorance...

Ô périphrase !... Je détache de moi, pour mieux la voir, la tête d'Annie. Elle a les paupières retombées, un sourire assoupi de vierge qui mourut en contemplant la face des anges... Elle parle pourtant, et la ferveur de sa gratitude — « merci à tous ! » — s'exprime si touchante que je ne suis pas sans trouble...

— À partir de ce jour-là, Claudine, j'ai su ce que valait la vie !... Un jardin où l'on peut tout cueillir, tout manger, tout quitter et tout reprendre... Changer n'est pas être infidèle, puisque je n'aime et ne comble en vérité que moi-même... Ah ! Claudine ! de quels yeux dessillés et pleins de foi j'ai regardé les hommes, tous les hommes, depuis ce petit qui a été le second...

— Quel petit ?

— Un chasseur de l'hôtel, à Carlsbad. Vous connaissez Carlsbad ? C'est là qu'il y a encore des juifs en costume de juifs, avec la houppelande raide de crasse, les beaux cheveux de christ annelés, et un petit pot de chambre sur la tête. Il y a ces Autrichiens qui crachent en passant à côté d'eux...

— Oui... Le chasseur ?...

— Il était charmant ! jette Annie avec une désinvolte inconscience. On les choisit exprès, vous savez. Un petit Viennois blond, scrupuleux, — le type du bon serviteur...

C'est Annie inconnue qui parle à présent, nette, impudique, avec un sourire retroussé de connaisseuse. La fièvre délicieuse des découvertes me chauffe les joues !...

— ... Le type du bon serviteur, je vous dis ! Il avait toujours peur de ne pas faire assez ni assez bien. Il me montait le courrier le matin et le soir ; je me souviens de sa frimousse rose, le soir où il m'a informée respectueusement, sa casquette galonnée à la main, qu'il serait remplacé à l'étage, pendant deux jours, par son camarade Hans...

Elle rit, renversée sur mes genoux ; elle rit à petits sanglots nerveux, comme on tousse. Hé là ! elle rit trop ! nous tenons la fâcheuse crise de nerfs... Non... Merci, mon Dieu, on a annoncé le dîner !...

*L*a confidence, que dis-je ? l'explosion d'Annie m'a laissée courbaturée. Je demandais à voir les « pays de son âme » — elle m'en a fait voir, du pays, dirait Maugis, jusqu'à m'en harasser ! Et l'affection que je lui porte a dû se modifier à mon insu : Annie m'inspire plus de considération et moins d'intérêt. Elle s'est affranchie, soit, et à corps perdu, mais je lui en veux un peu de m'avoir livré si vite son secret. Ou plutôt je le voudrais autre, ce secret, plus unique, plus différent de celui de tant de femmes, plus exceptionnel... Ah ! que son mari fut coupable ! On ne sait pas assez ce qu'une femme risque à coucher d'abord avec un imbécile... Un petit quart-de-dieu subalterne, promu aux basses besognes de l'amour, a préservé Annie de ce que ma vieille Mélie appelait les « mauvaises maladies », il convient de l'en remercier. La bravoure de mon amie égale son ignorance du péril : Brieux n'a pas encore pénétré jusqu'aux âmes candides...

Une lettre de mon cher chéri m'assure qu'il va bien :

> *« ... Une longue galerie ouverte et ensoleillée, des lits de repos, ton vieux mari couché, emmailloté de couvertures, une atmosphère micacée et brillante, d'une sonorité qui blesse d'abord et qui charme ensuite... un soleil dépouillé et trompeur, froid et doré comme un vin de montagne... »*

Quelle tristesse de le savoir pareil à d'autres malades ! et pourquoi mon orgueil s'attache-t-il à ne vouloir dans mon cœur que des êtres *particuliers* ? Tout ce qui les identifie au reste du monde m'irrite contre eux et contre moi. Et puis j'éprouve une telle difficulté à écrire librement à Renaud !... je ne suis bonne qu'à l'aimer, hélas ! J'ai trop vécu avec lui, contre lui, en lui ; mes lettres se font gauches, refroidies, ou bien tortillées comme une pensionnaire qui minaude et ne veut pas jouer sa valse-caprice... Me reconnaît-il à travers elles, au moins ? Me devine-t-il tendue, froncée, mauvaise comme aux heures où je l'aime le mieux ? Son absence, mon séjour à Casamène me reculent de ma vie passée et je me juge, seule malgré Annie, profondément seule...

Y a-t-il dans le monde beaucoup de femmes aussi solitaires que moi, malgré Renaud, à cause de lui ? Ou bien est-ce la destinée très simple et très commune de celles qui ont tout donné d'elles-mêmes, et une fois et pour toujours ?

Autour de moi point d'amitiés féminines — Annie n'est qu'une suivante tendre... Un seul souvenir méchant, et doux, l'image d'une fleur épineuse tachée de noir et de rose qui nous fit saigner les doigts à tous deux : Rézi... Nous ne parlons plus d'elle, Renaud et moi. Nous avons gardé de la crainte, de la honte, une sourde jalousie, une vanité, aussi, d'avoir souffert l'un par l'autre, la secrète satisfaction d'un coup bien porté et bien rendu... Que vaut le reste ? N'oublierais-je pas en une heure tous ceux qui me nomment leur amie ? Renaud absent, il n'est qu'un cœur où je me jette pour m'y blottir plus seule encore : celui d'où montent les profondes racines des arbres, l'herbe aux mille glaives — d'où éclosent, frais et vifs, l'insecte aux antennes encore pliées, la couleuvre moirée comme un ruisseau furtif — d'où jaillissent la source, le blé et la rose sauvage...

Quand me manquera ma raison de vivre qui s'appelle Renaud, retrouverai-je en moi — en moi sur qui jadis la solitude agissait à la manière d'un tonique un peu enivrant et dangereux — retrouverai-je en moi seule ce réconfort amer et rajeunissant qui m'a gardé, assombrie, ralentie, la même âme ?

Je suis née seule, j'ai grandi sans mère, frère ni sœur, aux côtés d'un père turbulent que j'aurais pu prendre sous ma tutelle, et j'ai vécu sans amies. Un tel isolement moral n'a-t-il pas recréé en moi cet esprit tout juste assez gai, tout juste assez triste, qui s'enflamme de peu et s'éteint de rien, pas bon, pas méchant, insociable en somme et plus proche des bêtes que de l'homme ?... Du courage, j'en ai, du courage physique — le beau mérite quand on n'a peur de rien — une belle confiance dans des nerfs qui m'obéissent bien et que les sens ont ménagés. De l'honnêteté... peut-être, mais qui s'habille comme une grue. De la pitié, guère pour la pauvre espèce à laquelle j'appartiens, parce qu'elle choisit souvent sa misère, et, d'ailleurs, le moyen d'être bonne en même temps qu'amoureuse... ? — « Amoureuse », piètre mot pour exprimer tant de choses !... *Imprégnée*, voilà qui exprime mieux... Imprégnée, c'est cela tout à fait, imprégnée depuis la peau jusqu'à l'âme, car l'amour définitif m'est si entré partout que je m'attendais presque à voir mes cheveux et ma peau en changer de couleur.

*L*es *bêtes* d'ici sont délicieuses. Il y a Toby-Chien, vieil ami, et Péronnelle, autocrate toute neuve. Je connais Toby-Chien depuis longtemps et son entente de notre race l'avertit assez bien que je suis sa vraie maîtresse : il considère Annie comme une succursale. À cinq ans, il conserve son âme enfantine où tout est pur, même le mensonge. Son cœur de bull cardiaque est toujours près d'éclater, mais il n'éclate pas. Il soupire mystérieusement comme son frère le crapaud, cet autre camard bringé aux beaux yeux, et s'il court étranglé, écumant, sur les « trôleux » aux pieds chaussés de poussière, il juge prudent de passer au large quand une mante religieuse prie, dévote armée, au milieu d'une sente !

Péronnelle n'a pas de ces terreurs puériles. Cette hospitalisée, qui mourait de faim dans l'herbe où Annie l'a trouvée, porte une robe d'un gris modeste mais de l'étoffe la plus soyeuse, un velours qui fond dans la main et s'argente au soleil. Rien de rasta, rien de ces portugaises bariolées comme des perroquets. Deux colliers noirs au cou, trois bracelets aux pattes de devant, la queue musclée et le menton distingué, avec des yeux d'un vert royal qui vous regardent droit, insolents, caressants, relevés aux coins, soulignés de kohl, Péronelle irritée ne céderait pas devant Dieu le Père, pas même devant moi. Elle ronronne, lèche, mord et tape, et toute la maison marche comme un seul homme. Annie disait d'elle l'autre jour :

— Péronelle me rappelle ma belle-sœur Marthe, en plus sympathique.

Turbulente comme un chien, Péronnelle emplit Casamène de roucoulements de colombe et de cris flûtés. À l'heure des lampes, elle exulte, déchire des journaux, vole des pelotons, chausse d'invisibles sabots et mène un galop de poulain qui la lance au milieu de la table, où elle devient un amical petit bélier qui nous pousse le menton de son front vigoureux, râpe la joue d'Annie avec une langue en brosse à dents et se sert de ma tête comme d'une passerelle pour sauter sur la cheminée.

Elle m'aime déjà, sans que j'oublie pourtant ma chère Fanchette d'autrefois... Pauvre Fanchette blanche, qui avait une si jolie âme de provinciale moderne, et s'appliquait avec tant de conscience à toutes les choses de la vie ! Elle dormait très fort, courait beaucoup, mangeait longtemps, chassait assidûment. Qu'a-t-il fallu ? un os de poulet un peu plus pointu... et l'or de ses yeux s'est injecté, ses griffes ont battu l'air et labouré sa gorge bombée de pigeon blanc — et il n'y avait plus de Fanchette !... Voilà que j'ai laissé derrière moi papa, Fanchette et Mélie — je les ai dépassés, je vais un peu plus loin, pas beaucoup plus loin...

Mélie m'a quittée, devenue vieille tout d'un coup, accablée de maux autant que sainte Litvinne, tordue de rhumatismes, gonflée d'eau, sourde, aveugle, que sais-je encore ? tant qu'on ne pouvait, à la savoir trépassée, que crier : « Enfin ! »

Mon père magnifique, mon père à la barbe tricolore, il a perdu la vie au milieu de ses bouquins, pouf !... le nez en avant, peut-être par distraction, lui qui oubliait si facilement de déjeuner ou de nouer sa cravate. J'ai compris lentement qu'il était mort, au bout de quelques jours, quand l'écho de sa belle voix injurieuse eut fini de sonner entre les murs de la maison où je le cherchais de chambre en chambre, à la manière têtue des chiens pleins de foi qui savent leur maître absent et pourtant quêtent en poussant du museau chaque porte : « Il n'est pas là. Dans la chambre à côté ? non. Revenons dans la première, où peut-être il est rentré pendant que j'inspectais celle-ci... »

Les lettres de Renaud se succèdent et les jours raccourcissent. Mon cher grand cède à ce touchant travers des malades très soignés qui s'intéressent tardivement au jeu de leurs viscères, se découvrent un foie, un estomac, et s'enthousiasment pour des définitions qui n'expliquent rien. Des mots techniques se glissent dans ses lettres ; il les emploie à présent sans ironie, avec un peu de cette emphase supérieure qu'affectionnent les étudiants en médecine. La pesée quotidienne devient la minute angoissante de sa journée, et le nom d'un certain Coucheroux, neurasthénique, le cas rare du sanatorium, revient trois fois en quatre pages... Je ne suis pas méchante, non... mais qu'on nous laisse un quart d'heure en tête à tête, le nommé Coucheroux et moi, et il connaîtra un nouveau traitement de la neurasthénie aiguë !...

Lettre, ridicule celle-ci, de Marcel. Il essaie la grosse carotte, mais si grosse que je ne me fâche même pas. Trois mille francs ! Il est souffrant, cet enfant. Est-ce que j'ai trois mille francs pour sa petite gueule de fille vannée ? Un joli billet de cent francs et une demi-douzaine de lignes ironiquement aimables : voilà ma conscience de belle-mère en repos.

Annie, retombée dans le silence, semble garder de sa crise de l'autre soir un peu de gêne. Elle marche sans bruit, rôde autour de moi, avec une grâce contrite de chatte qui a cassé un vase...

Frileuse de sommeil, elle se tenait ce matin sur le perron aux marches disjointes, qui chancellent sous le pas comme les pierres mal assurées qui marquent le gué d'un ruisseau... Sept heures sonnaient et je sortais du labyrinthe, trempée de rosée, le nez fondu et les mains gourdes, une corbeille sur les bras. Ce matin d'octobre sentait le brouillard, la fumée de bois et la feuille pourrie, à m'enivrer. J'avais retrouvé un Fresnoy plus rude, plus osseux de roches qui percent l'herbe, plus roussi de soleil et de gel... Le fauve parfum de cette aube rouillée m'avait tirée de mon lit jusqu'au nid de guêpes engourdies que je guettais...

— Une noisette, Annie ?

Elle tend sa main hors du peignoir bleu pâle, couleur de ses yeux... Sa natte bat ses reins et le froid accentue cet air de petit Arabe malade que lui donne le grand matin... J'arrête sa main :

— Bête, regardez donc ce que c'est, au moins !

Elle se penche une minute sans comprendre sur ma corbeille pleine d'une mouture grossière, jaune et noire, pailletée de nacre, qui grouille faiblement... Je l'avais ramassée par pelletées, cette pâtée de guêpes engourdies, et je courais les brûler au fourneau, écœurée par leur odeur cireuse... Annie les considère avec une crainte paisible, les mains derrière le dos...

— Qu'est-ce que vous faites debout à cette heure-ci, mon petit ?

Elle relève ses paupières lourdes de cils, gonflées de sommeil, — ou d'insomnie ?

— C'est une dépêche qu'on a portée dans votre chambre, Claudine, et vous n'y étiez plus. Alors je vous cherchais...

— Une dépêche ?

Renaud ? Un accident ? quoi ? Oh ! ce sale papier bleu qui colle !... Je demeure penchée sur les lignes sans ponctuation, comme Annie sur le panier de guêpes...

Annie, d'inquiétude et de froid, se met à trembler.

— Eh bien ? Claudine ?

Je lui tendis la dépêche, stupide :

« *Puis-je venir ? Je perds la tête. Marcel.* »

Mon soulagement éclate en rires indignés :

— Elle est raide, celle-là ! Non, mais qu'est-ce que vous dites de ça ? Ah ! si son père était là ! Attendez ! je vais lui retourner un petit télégramme qu'il ne fera pas monter en épingle !

Annie — prudence ou indifférence — ne dit rien et je tourne rageusement, du bout d'une rouette de noisetier, ma pâtée de guêpes mortes...

— Qu'est-ce que vous allez faire, Claudine ? risque-t-elle enfin.

— Avertir Renaud, pardi !... C'est-à-dire...

Non, je ne puis pas avertir Renaud, fêler sa fragile coquille de repos, risquer une rechute, ralentir sa guérison, retarder, fût-ce d'une heure, le jour où, toute ma faiblesse m'accablant d'un coup, il me recevra dans ses bras rajeunis...

— Annie, dites-le-moi, vous, ce que je dois faire ?

Elle pince une bouche entendue et prophétise au hasard :

— Ma chère, laissez-le venir, cet enfant : on verra bien...

Je ne dérage pas. Marcel ici ! Je le supporte à Paris, indulgente à son vice, sans rancune contre sa malice tatillonne de femme. Foncièrement, il ne change guère : il ne fait que subir des phases — oserai-je dire des lunaisons ? — qui le transforment, l'exaltent ou le dépriment, après lesquelles il redevient lui-même. Pour Renaud et pour moi, Marcel demeure le gamin de dix-huit ans qui a de vilaines habitudes — et pourtant, si je compte bien, la même année emporta nos vingt-sept ans !... Il mène l'existence monotone des maniaques, des bureaucrates et des filles, — des filles surtout. Il bâille souvent, d'une manière veule et énervée, les bras étirés, les reins creusés, et s'écrie : « Dieu, que je m'ennuie ! Je n'*ai* personne ce soir ! » Il dit couramment que tel promenoir de music-hall est « avantageux », que « l'Anglais chic ne donne pas cette saison », qu' « Un Tel, un garçon si bien, est tombé maintenant dans les truqueurs ». Pendant des heures, il m'entretient des procédés blâmables de l'Institut d'esthétique où tout coûte deux louis, ma chère, et où les crèmes sont meurtrières pour la peau. Il discourt eau de coings, lanoline stérilisée, s'engoue pour l'eau de Sofia, pour la solution de benjoin et d'eau de roses, boit du lait caillé et se masse la paupière inférieure. Il harcèle de questions Calliope van Langendonck, s'enquiert, auprès de cette beauté ionienne, de ce qui est « bon pour peau » ou « mauvais pour peau »... Et puis, brusquement, il disparaît pendant trois semaines, reparaît vidé, pâle et rose comme un liseron, fébrile, ne parle plus, répond à peine. À la hâte, il me jette alors des confidences brèves, appelle un rat un rat et brave l'honnêteté de notre belle langue : « Un bijou, Claudine ! une petite âme de pensionnaire... Il est à la caserne du Château d'Eau... »

Renaud, qui date d'une époque moins indulgente et moins effrontée, ne s'habitue pas à son fils. Il a tort. Tantôt Marcel bénéficie d'un apitoiement dû à son état de « malade », tantôt il fuit sous les colères de mon mari qui parle de le gifler, de l'envoyer aux colonies, et patia-patia... » Le petit », comme je l'appelle, supporte les bourrasques en silence, avec un mauvais regard. Entre le père et le fils, je m'interpose bonnement, par désir de silence et de calme plutôt que dans l'espoir d'arranger les choses, et mon bizarre beau-fils semble m'en savoir gré parfois. C'est à moi qu'il réserve son plus câlin : « Claudine, j'ai les poches vides, vous savez... » Lasse de lui répondre : « C'est qu'elles sont percées », j'allonge le louis qu'il escamote en me baisant la main avec un soupir soulagé : « Quel chic type vous faites, Claudine ! Parole ! si vous n'étiez pas une femme… »

Oui, tout cela passe à Paris… Mais garder ici, ne fût-ce qu'une semaine, ce bibelot suspect, l'entendre rire pointu, le sentir s'ennuyer entre Annie et moi… ah ! non, non, non ! J'irai jusqu'à cinquante louis, là ! Et qu'il s'en aille sans troubler ma chaude amertume solitaire, mon retrait de terre rousse odorant de buis, couronné de vigne vierge, bombé comme un cabochon parmi l'ouate bleue et douillette des montagnes : « Mon » Casamène ! La parole imprudente d'Annie : « Je vous donne Casamène ! » se prolonge en moi jusqu'aux sources de mon âme terrienne. Cet îlot au labyrinthe, au petit fronton de marbre, aux bosquets d'arbres de Judée et de baguenaudiers, ce bijou, démodé comme une broche miniature, serait à moi ? J'y développerais plus tard, aux côtés de Renaud, l'instinct fermier et poyaudin qui me vint d'ancêtres cultivateurs et jaloux de leur bien…

Déjà, quand je suis fatiguée de penser à Renaud, de compter les jours, d'imaginer ses joues moins creuses, sa moustache plus blanche (il me l'écrit avec un désespoir enfantin), de me rappeler ses mains dont la gauche s'ouvre, oisive et prodigue, tandis que la droite se ferme sur le porte-plume absent, quand mes sourcils deviennent douloureux à force de penser, alors je me tourne vers Casamène, mon nouveau jouet. Je n'ai plus la même façon indifférente de relever un brin de vigne… Je rattache d'un jonc tordu la vigne traînante et je retrousse la jupe de feuilles du rosier, soigneuse des œils de l'an prochain. Je gratte la terre humide, l'herbe d'où se retire la sève, avec cette pensée digne du premier homme qui conquit son gîte : « Cette toison d'herbe est à moi, et à moi aussi le dessous gras de la terre, la demeure profonde du ver, le corridor sinueux de la taupe, à moi, encore plus bas, le roc que n'a jamais vu la lumière ; à moi, si je veux, l'eau prisonnière et noire, enfouie à cent pieds, dont je boirai, si je veux, la première gorgée à goût de grès et de rouille… »

Mais… Montigny ? — Eh bien ! Montigny ne diminue pas pour cela dans mon cœur. Ma maison de Montigny reste pour moi ce qu'elle fut toujours : une relique, un terrier, une citadelle, le musée de ma jeunesse… Que ne puis-je la ceindre, elle et son jardin vert comme les parois d'un puits, d'une muraille qui la garde de tous les yeux ! Mon amour pudique suspend sur elle un mirage qui me trompe seule ! Ainsi, Maître Frenhofer couvait son œuvre informe à l'abri du médiocre et clair regard des hommes. Annie, et Marthe Payet, et

Calliope van Langendonck, et le gros Maugis, si je leur montrais ma maison de Montigny, diraient : « Ah bien ! quoi ? c'est une vieille maison. »

Ce n'est pas une vieille maison, pauvres d'esprit ! C'est la maison de Montigny. Et quand je mourrai, ce sera sa fin, à elle aussi... Mes yeux près de s'éteindre se lèveront vers son toit d'ardoise violette, brodé de lichen jaune ; à ce signe, la verdure sans fleurs de son jardin se fondra en brume confuse, les sept couleurs d'un prisme tremblant souligneront les arêtes de sa carcasse sombre, et nous demeurerons, elle et moi, une seconde suprême, moitié ici, moitié déjà là-bas...

« Oh ! ma vagabonde assise !... »

Pauvre, pauvre cher, comme j'entends sa voix !... J'ai un peu de honte et de chagrin. Ne lui dois-je pas toutes mes pensées ? — mais elles sont à lui, puisqu'elles viennent de moi, et que je dépends de lui comme un surgeon de rosier qui chemine sous la terre, loin de sa tige-mère, avant de pousser à la lumière de son premier jet, tendre, luisant, d'un rose marron de lombric...

Aujourd'hui, un laissé-pour-compte des soleils d'août nous grille, nous étourdit, nous détraque. Hier matin, il gelait. Annie ne dit rien, assise par terre à côté de moi, le dos à un cerisier de l'autre siècle, dont le tronc est assez large pour nous servir de dossier à toutes deux. Les yeux fermés, elle tend son visage à la lumière, passive, dans une immobilité qui ne me trompe plus... C'est ainsi, à coup sûr, qu'elle tendait son baiser vers ceux qu'elle admire à l'égal d'autant de dieux, — les hommes !

Elle regarde en elle-même, indifférente à ce jour d'été revenu, ce jour unique dont je savoure toutes les heures, dont je couche toutes les ombres bleues sur l'herbier de ma mémoire. Ah ! Renaud ! se peut-il qu'autour de vous un air tout pailleté de glace suspende à vos longues moustaches de petites perles qui scintillent à votre souffle ? Cela me frappe et me blesse : cela m'éloigne trop de vous !...

Dans l'air presque brûlant, les feuilles de l'acacia pleureur — un être ancien, rabougri, le tronc court et les branches en bras tordus — tombent une à une, en pluie tranquille, tournoient à peine avant de se poser. L'automne les a, celles-ci, décolorées jusqu'au blanc de l'ivoire vert...

Un roucoulement de tourterelle, pressé et grasseyant, se rapproche de nous. Péronnelle nous a découvertes et vient nous communiquer la grande nouvelle : Péronnelle est en folie ! Nous l'accueillons avec plus de froideur que sa situation ne le requiert. Péronnelle est en folie tous les mois, et le matou n'abonde pas dans la contrée.

Impudique et joyeuse, elle se livre sous nos yeux à des danses antiques, dont elle observe chaque rite. Elle est charmante, rayée comme un serpent, le ventre fauve marqué de quatre rangées de taches noires, boutons de velours qui agrafent sur elle sa robe d'un goût parfait...

Par trois fois, le cou tendu, les yeux anxieux, elle a clamé distinctement, en trois syllabes : « Mi-ya-où ! » Appel sacré suivi de cris d'oiseau, moins faciles à noter et à interpréter. Suit un intermède de danse serpentine, vautrage à gauche, vautrage à droite, soulèvement sur la nuque en pont, comme à la Salpêtrière.

De nouveau, debout, elle interroge l'horizon et, enflant la gorge, elle exhale une plainte de veau, si basse, si énorme, si disproportionnée qu'Annie ouvre les yeux et sourit...

Entracte : danse sacrée... Mais comme, après tout, la présence du matou n'urge point, que le soleil est pénétrant, l'été revenu, les feuilles de l'acacia tentantes en leur vol lourd, Péronnelle bondit, la queue de travers, piétine le reste des rites, fixe sur nous des yeux de chèvre folle qui remplissent sa figure et se rue à la poursuite d'une graine de chardon qui voyage dans l'air... Elle joue, brutale, précise, vite irritée, coupant son jeu de rares et brefs petits aboiements de chat : « Mouek ! mouek !... »

— Annie...

— Oui... quoi ?

— Péronnelle... cette danse de l'Amour, ces torsions de bayadère... ça ne vous rappelle rien ?

Elle cherche, de bonne foi, ses mains brunes dans les poches d'un petit tablier de ménagère proprette. Avec sa coiffure basse dont le poids arque ses sourcils, elle a un air touchant et insupportable de cendrillon bourgeoise.

— Allons, Annie ! Je vous vois assez, moi, en travers d'un lit d'hôtel étranger, roucoulante et les reins creusés...

Les trucs les plus éculés réussissent toujours ! Annie saisit la perche que je lui tends.

— Oh ! voyons, je ne faisais pas tant de bruit que ça, Claudine !

Cette pudeur ! ces mains qui éloignent l'image du péché ! Si je ne connaissais pas Annie, depuis l'autre soir, je m'y tromperais. Qu'elle parle ! qu'elle parle ! C'est le seul plaisir un peu coupable qu'elle puisse m'offrir.

— L'extase silencieuse, alors ?

Elle tourne les épaules, mal à l'aise :

— Écoutez, Claudine, je ne sais pas comment vous pouvez, au grand jour, sous ce soleil, parler si tranquillement de... de ça !

— Vous trouvez plus naturel de le faire ?

Elle ramasse et mordille une queue de cerise de l'été passé, un petit squelette de fruit qui porte encore son noyau sec. Elle réfléchit, ses sourcils chinois abaissés. Elle est, comme presque toujours, sérieuse, appliquée...

— Oui, avoue-t-elle enfin. Plus naturel, et plus facile aussi...

Je sens que je ne vais pas m'ennuyer. Pour mieux voir Annie, je rejette mes cheveux courts hors de mon front, de ce geste qui est presque devenu un tic. Il fait beau à en être triste ; la terre tiédit sous mes reins. Le soleil change de couleur, rosit derrière les pins comme une belle bassine à confitures. Péronnelle s'est endormie de fatigue et

Toby-chien, vigilant, inutile, creuse un faux terrier de lapin : il en a pour une bonne demi-heure...

— Expliquez-vous, Annie !

— Ce n'est pas commode, Claudine. Mais enfin, si je tiens à quelque chose en ce monde, c'est à vous... Je ne veux pas trop diminuer à vos yeux... Du temps que je voyais *des gens* — Marthe, mon beau-frère, Maugis, mon mari — ils me croyaient bête. Je ne suis pas bête, Claudine, je suis un peu sotte. Ce n'est pas du tout la même chose. Un peu zozotte, voilà le mot. Une anémie particulière me rend tout trop lourd, dès que je veux agir ou seulement parler. Moi j'ai des idées, Claudine. Je pense, je vis, surtout depuis que... enfin... depuis...

— Depuis Baden-Baden, je crois ? Michel Provins l'a dit en termes délicats : « Les femmes, ce n'est pas leur faute si elles éprouvent... »

— Et je sais bien, à présent, que la femme la moins défendue, celle qui choit le plus vite et le plus facilement, c'est la plus timide, la plus muette, celle qui n'offre ni son épaule, ni son genou, aux frôlements du flirt, celle qui pense le moins au mal, vous entendez ! Elle baisse les yeux, elle répond à peine, elle tient ses pieds sous sa chaise. Elle n'a même pas l'idée que quelque chose peut arriver... Seulement, qu'on lui mette la main sur le front pour la renverser en arrière et voir la nuance de ses yeux, elle est perdue. Elle tombe par ignorance d'elle-même, par peur, par crainte du ridicule — oui, Claudine ! — et aussi avec la hâte que ce soit fini, pour ne plus avoir à se défendre, avec l'idée confuse qu'en cédant elle retrouvera la paix et la solitude tout de suite après... Seulement, il arrive qu'en touchant au péché elle aperçoit le but et la raison de sa vie, et alors...

Elle se tait, le souffle court, avec un mouvement de paupières, théâtral à son insu, une chute brusque et étoffée de ses cils sur son regard, qui me fait pressentir la magnificence de son visage dans le plaisir, une expression chaste et rassasiée, un religieux resserrement des épaules étroites... Ah ! tout ce qu'elle a jeté là à un tas de pourceaux !

— Si je comprends bien, Annie, vous comptez pour peu le libre arbitre, le choix, le vœu de monogamie ?...

— Je ne sais pas, dit-elle avec impatience. J'explique quelque chose que je sais, voilà tout. Je me rends compte que des femmes comme vous ou ma belle-sœur Marthe...

— Merci de la comparaison !

— ... marchent dans la vie comme les égales des hommes, avec une espèce de logique batailleuse, une ironie, une légèreté raisonneuse qui les sauve d'un tas de défaillances... Vous — Marthe, beaucoup de femmes, — le besoin de répondre, *verbalement*, n'importe quoi au désir d'un homme, l'instinct de faire un jeu de mots, de protester, de minauder, fût-ce de crier seulement *non* ! vous donne le temps nécessaire pour penser, pour vous sauver enfin... Nous autres, achève Annie en employant un mystérieux pluriel, nous sommes des femmes qu'on a oublié d'armer.

J'allais lui répondre, impétueuse : « Alors, vous ne m'intéressez pas ! » Mais je me retiens à temps : je n'ai pas la cruauté de troubler davantage ce petit cerveau détraqué qui se vante si ingénument de « penser ». Et puis, à quoi bon ?... Elle a appris la volupté sans amour, elle est tombée sans noblesse, et, quoi qu'elle m'ait dit l'autre soir, sans en ressentir d'humiliation. Je n'ai pas le droit de lui dire, moi qui l'ai autrefois poussée dans un chemin facile* tout velouté d'une boue qui attarde les pas, de lui crier : « Nous ne sommes pas, non ! de la même espèce, mais la différence est plus grande encore que vous ne croyez... Il y a une chose à laquelle vous n'avez pas pensé : c'est l'amour ! Moi, moi, l'amour m'a rendue si fortunée, si comblée de plaisirs dans ma chair, de tourment dans mon âme, de toute son irrémédiable et précieuse mélancolie, que je ne sais vraiment pas comment vous pouvez vivre auprès de moi sans mourir de jalousie ! »

Je n'ai pas le droit de la désoler ainsi, celle qui, mi-étendue à mes côtés, sourit intérieurement et se satisfait de ses souvenirs. Elle s'étire, non par paresse, mais comme les chats allongent et essaient leurs muscles avant de s'élancer...

— Une après-midi pareille, Claudine, murmure-t-elle, je n'en connais qu'une dans ma mémoire. C'était dans la campagne à... à... où donc déjà ?... à Agay. Agay c'est là-bas, à côté de Saint-Raphaël, bleu et or comme une affiche séduisante, au bord de cette mer qui n'en est pas une, qui ne bouge guère, s'endort en rond dans les baies. J'avais loué une petite villa à cause du grand jardin. Et puis il n'y avait personne, vous pensez, en décembre ! Maurice Donnay et Polaire n'étaient pas encore arrivés.

— Vous y étiez seule ?

— Non, naturellement. J'avais eu la faiblesse — oh ! c'en est une, je le reconnais — d'emmener pour quinze jours un jeune homme, un très jeune homme...

---

* *Voir Claudine s'en va.*

— Je le connais ?

— Je ne pense pas. C'était un chauffeur. Je l'avais rencontré à Monte-Carlo, où je venais de passer, au Riviera Palace, une semaine calme...

— Cet hôtel pourtant se vante, dans ses prospectus, d'être « le plus *luxurieusement* meublé qui soit en Europe » ! Mais poursuivez : ce jeune chauffeur...

— Des gens l'avaient renvoyé parce qu'il les avait versés sur la Corniche — du bon côté, heureusement. Il pleurait, croyez-vous ! Alors, je l'avais emmené pour quinze jours, te temps qu'il trouve une autre place...

— Il... chauffait, hein ?

— Il chauffait, répond Annie brièvement. Mais il n'avait pas de modération. Tenez, Claudine, on dit toujours que le peuple se démoralise et que tout est pourri, je ne sais quoi encore ? Il n'y avait pas plus honnête que ce garçon-là ! Il avait une délicatesse à lui, risible... Croyez-vous qu'un soir, à l'heure du dîner, il m'a rapporté un louis ?

— Comment, un louis ! Il l'avait trouvé par terre ?

— Pas par terre... Une dame « bien » l'avait pris à l'heure, sans voiture... et il me rapportait son louis « pour la caisse commune », disait-il.

— Ça tire les larmes. Le nom de ce héros, Annie ?

— Anthelme. Pour le nom de famille, ma foi... Sa main s'envole, les doigts écartés, en signe d'oubli et d'indifférence.

— ... La mémoire des noms, c'est terrible vous savez !... Enfin, un petit être charmant, si gosse de Paris... une façon de prononcer « mételas », « piéno », de donner des noms tout crus, bizarres, nouveaux, à des choses et à des gestes qu'on ne nomme pas d'habitude, du moins à haute voix... Il les nommait, lui, d'une bouche naïve où les mots grossiers devenaient jolis, je vous assure... un surtout qu'il répétait sans motif pour signifier à peu près : « Ne comptez pas sur moi ! » Ah ! que c'est bête ! voilà que je ne le retrouve plus !

— Ne cherchez pas, Annie !

— D'ailleurs, ça n'a pas d'importance. Une après-midi... dans le jardin... ah ! ce silence ! pas de fleurs aux mimosas, les oranges vertes, les yuccas piquants, un creux de mer entre deux rochers violets... lui qui avait voulu se baigner et qui séchait sans peignoir, sur le sable de la terrasse... je vois encore sa peau à l'ombre d'un pin...

Je souris, les yeux sur mes mains nues, que l'ombre d'un pin argenté grillage à cette heure même d'un canevas bleuâtre...

— ... Vous savez, Claudine, comme ces jeunes peaux blondes, qui ne durent guère, sont un régal pour les yeux et les doigts...

— Non, je ne sais pas, dis-je sèchement, malgré moi.

Son bras entoure ma taille. Elle poursuit, câline, inconsciente, apitoyée :

— Vous ne savez pas...

Puis son regard dépouille l'humide voile du mirage sensuel, redevient amical et pur :

— Alors, Claudine, que Dieu vous préserve de cette tentation-là !

— Quelle tentation ? dis-je avec une raideur agressive.

— La chair fraîche, chuchote-t-elle mystérieusement.

Je hausse les épaules :

— Ne vous faites pas de bile, Annie ! moi, une tentation ? J'ai tout chez moi.

— Vous n'avez pas tout.

Du bout d'une rouette d'osier, elle explore une galerie de courtilière et paraît s'absorber. Elle ne lève pas la tête de peur de perdre le courage de tout dire. Petite autruche ! L'écran de sa main devant son visage lui suffit donc pour qu'elle montre, jupes troussées, sa pensée ou son petit corps chaud et brun ?... Je ris, à dessein de l'encourager :

— « J'ai tout. Vous n'avez pas tout. Il ou elle a quelque chose. Le couteau de ma tante est moins beau que le cheval de mon cousin. L'oiseau a mangé le porte-plume du militaire... » C'est le commencement de la méthode Ollendorff ! À vous, Annie !

Elle ne répond pas tout de suite, penchée. Je ne vois plus que son nez, ses beaux cils d'animal, les coins de sa bouche plaintive qui ont toujours envie de pleurer.

— Écoutez, Claudine... Je sais que vous m'aimez bien... Mais, depuis l'autre soir, où je me suis laissée aller à tout vous raconter, je sens que vous faites peu cas de moi toute et du lot que j'ai choisi... C'est une part bien médiocre du bonheur, mais je voudrais... je voudrais vous faire partager cette conviction que chacun ne possède, ne doit posséder qu'une très petite part du bonheur. Même vous, Claudine. Vous portez la vôtre avec une sorte d'orgueil, une espèce de supériorité silencieuse : on entend que vous pensez : « Mon bonheur ou ma tristesse, ou ma volupté, mon amour enfin sont meilleurs, sont autres que ceux des autres... Même en mal, tout ce qui est à moi est mieux ! » Excusez-moi, mon raccourci est un peu lourd, mais c'est pour aller plus vite. Donc, vous pensez cela. Alors, moi, je réfléchis — j'ai beaucoup de temps pour réfléchir — et je trouve que non !... que vous demeurez dans l'ignorance, sinon dans le besoin de tout ce qui vous manque. L'amour, ce n'est pas seulement cette... cette filialité passionnée qui vous rattache à Renaud, ce n'est pas cette dépendance volontaire où vous vivez, ce n'est pas cette tendresse déjà grave que Renaud vous prodigue et qui s'épure lentement, exquisément — ce sont vos propres paroles ! proteste-t-elle à cause de mon geste... — Vous avez songé à tout, reprend Annie dont la voix tremble de son audace, excepté aux autres amours qui ont place à côté du vôtre, qui peuvent le coudoyer de trop près, le malmener d'une épaule hardie, lui dire : « Recule-toi un peu, c'est à nous ! » Je dis toujours « amours », Claudine, parce qu'il n'y a que ce mot là... Et si, un jour, vous rencontriez le mien, ce petit demi-dieu fougueux, tout brillant de jeunesse, les mains rudes, avec ce front étroit que j'aime sous les cheveux touffus ?... On ne peut guère lui demander de tendresse épurée, à celui-là ! Il vous tombe sans ménagement, il n'est vain que de sa peau, de ses muscles, de sa cynique vigueur, et l'on n'a de repos à ses côtés que quand il dort d'un air têtu, les sourcils froncés, les poings clos. Alors, on a un peu de temps pour l'admirer et l'attendre.

Évidemment, j'ai été avant-hier très au-dessous de moi-même. Cette Annie !... Quelle défiance de moi, quelle insuffisance, au lieu de lui répondre vertement, de la battre au besoin, m'a réduite à rire sottement, tout à coup, d'un saut de chatte ? J'aurais dû... ah ! je me dégoûte ! sa petite tirade méritait... Tu vieillis, Claudine ! Mais aussi, pourquoi faut-il que le meilleur de moi soit absent ?... Cette Annie ! Elle se vantait de « penser ». En vérité, je commence à le croire.

« Le meilleur de moi » écrit ce matin une singulière lettre. J'y devine qu'il a dû, la nuit précédente, rêver contre moi, et je n'en induis rien de bon. Lorsque ses rêves traînent ainsi sur toute sa journée, comme un lambeau attardé de fumeux brouillards, je m'inquiète. À travers la distance, je vois son mauvais sommeil coupé de soupirs, la convulsion légère qui agite sa main droite de minute en minute, petite danse de Saint-Guy d'écrivain surmené...

Il a rêvé que je le trompais, pauvre cher chéri ! Il a honte de me le raconter, honte de l'avoir rêvé ; mais il confond volontiers songe et pressentiment, comme une modiste éprise.

« Tu comprends, Claudine, je suis malheureux parce que je suis vieux... » Oh ! ce refrain qui m'attendrit et me fait rire... » Ma petite fille, rassure-moi. Tu as une espèce d'honnêteté qui me convainc toujours, et je suis sûr que tu me le raconterais, si tu me trompais... Ce serait une méchanceté bien méchante de ta part que de dire au fond de toi-même : « Je le trompe, mais je n'ose pas le lui avouer, ça lui ferait trop de peine. » N'est-ce pas ? si tu avais envie de quelqu'un, tu viendrais me demander : « Donne-le moi ! » Et je te le donnerais, quitte à le faire mourir de je ne sais combien de morts après... »

Mon pauvre Renaud ! Il a dû écrire encore tout troublé d'une vilaine image, angoissé et perdu dans sa chambre aux murs miroitants... Pourvu que ma réponse garde assez de ce dont j'ai voulu l'imprégner, ma réponse que j'aurais voulu écrire avec une encre joyeuse, couleur d'orange, ou du bout d'une paille enflammée, du bout d'un tison rose et noir, sur un papier de velours chaud qui ressemblerait à ma peau... Les lettres d'amour, on devrait pouvoir les dessiner, les peindre, les crier... Pourvu qu'il la lise avec l'accent !

Je ne lui ai pas parlé de Marcel, naturellement. L'heure eût été mal choisie. Écartons de lui les petites pierres : que sa convalescence ne trébuche pas, surtout !

Annie, gentille, prépare une chambre pour Marcel à côté de mon cabinet de toilette, une chambre qui plaira à mon beau-fils, car l'anglomanie d'Alain Samzun (« mon ancien mari », dit Annie) a décoré nos dortoirs de cet acajou criard et rouge, de ce citronnier argenté que Warin et Gillow déversèrent sur le continent. Je ne m'en plains pas, ici du moins : mes appartements vert-de-gris et bleu-detruite prolongent en deçà de mes fenêtres le crépuscule irisé qui descend le soir sur ce cirque de modestes montagnes.

Marcel abritera — pas longtemps, je le souhaite — sa petite beauté sous des courtines roses et grises, et se poudrera, ô Beardsley, devant une coiffeuse à pieds de biche et à guirlandes... Je ne me console pas encore de son arrivée qui nous menace :

— Enfin, Annie, on n'était pas plus tranquilles, toutes les deux, à lézarder, à palabrer sur l'amour et les voyages, à ramasser les pommes de pin, et à courir lentement les routes comme aujourd'hui ?... Regardez ce chemin jaune, il pénètre là-bas sous les bois avec une courbe brusque, le circuit empressé d'une couleuvre qui cherche la fraîcheur...

Annie sourit au calme paysage, comme on sourit à des amis indifférents. Elle doit trouver, au fond, que ça manque d'hommes...

— Ça ne vous gêne pas, Annie, cette visite inexpliquée de Marcel ?

Elle condescend à une moue gentille, avec un signe de tête qui dit « non » mollement. Son grand chapeau de paille — nous avons repris, pour un éphémère été de la Saint-Martin, nos cloches de manille roussies comme des galettes — bat de l'aile autour de sa coiffure basse et elle ressemble à la grand-mère qu'elle dut avoir, vers mil huit cent quarante...

Toby-Chien, devant nous, chasse, éclectique et inoffensif, le lapin, la mésange, la taupe et le grillon. Sa langue large et fendue pare d'un rose de bruyère le noir brillant de sa robe. À cause de la chaleur revenue, et puis parce qu'on est sorti sans savoir jusqu'où nous mènerait notre oisiveté, Toby-Chien, tout nu, court sans collier comme un bohémien. Il fait divinement tiède, mais le bruit seul des feuilles dans le vent, des feuilles rousses et sans sève, cliquetantes, m'avertirait que ce n'est plus l'été...

— Qu'est-ce que nous en ferons, Annie ?
— De qui ?
— De Marcel, voyons !

Elle écarte ses mains paisibles, arque ses sourcils déliés :

— Mais rien, ma chère ! Comme vous êtes bizarre ! Vous vous agitez autour de cette arrivée de votre beau-fils comme si elle vous était profondément désagréable — ou agréable !

— Ah ! ah ! oui !... Ah ! bien !... Annie, vous me démontez. Comment ! j'ai trouvé un coin délicieux pour y endurer au mieux l'absence de Renaud, j'y possède ce trésor unique : une amie qui ne fait pas de bruit, un petit bull carré avec une âme d'enfant, une chatte grise impérieuse et distinguée, et là-dedans, vlan ! on m'envoie un beau-fils qui se mouche dans de la soie !... D'abord, tout ça, c'est votre faute !

— Ma faute !

— Parfaitement. Vous auriez répondu : « Mon Dieu... ma maison ne comporte guère d'appartements de réception... mes migraines m'ont retirée du monde », — et tout s'arrangeait.

— Et Marcel écrivait à votre mari !

— Pas sûr. Entrons-nous au Bout-du-Monde ? j'ai soif.

Le « Bout-du-Monde », le bien nommé, est une auberge triste, serrée entre deux rochers de cent cinquante pieds. Du faîte des rocs fuse une raide et mince cascade, un fil blanc, qui semble immobile, à peine palpitant, et s'écrase en écume savonneuse, au fond d'une cuve vernissée et ruisselante. L'aubergiste, avortonne enrhumée, vit là dans une ombre glaciale. L'été, au pied de la cascade, on range des bancs de bois, et les promeneurs y boivent de la bière et de la limonade. À ma première visite, comme je m'écriais machinalement, le nez levé vers la fusée d'eau, d'un blanc de givre : « Que c'est joli ! », la patronne rectifia :

— C'est surtout commode.

— Ah !

— Madame ne peut pas croire ce que la bière se tient fraîche dans le pied de la chute d'eau.

C'est ça qui fait notre renommée.

*I*l est arrivé, il est arrivé ! Le vieux cheval Polisson a hissé une malle de parchemin, la grille a grincé d'une façon malveillante, Toby-Chien a aboyé, Sainte Péronnelle Stylite s'est réfugiée sur le cadran solaire et Annie — je l'ai vue, de mes yeux vue ! — a daigné courir. J'ai envie de m'en aller : la maison remue trop.

C'est pourtant une pauvre créature que j'ai ramenée de la gare ! Un Marcel vidé, pâli, creusé, les yeux grands et inquiets, qui s'est jeté vers moi avec un : « Ah ! ma pauvre amie ! » si désolé qu'un instant j'ai tremblé pour Renaud, pour moi... Heureusement la volubilité effarée de mon beau-fils me rassura :

— Ma pauvre amie ! Fichu, rasé, traqué, plus un sou, plus moyen de rentrer chez moi, ni chez vous... Pisté, rançonné, entôlé...

Je l'interromps sèchement :

— Très gentil, ce petit jeu des synonymes ! Mais voulez-vous parler un peu moins nègre ?

Il lève ses mains transparentes :

— Eh ! Claudine, croyez-vous que j'aie la tête à moi ? Vous allez tout comprendre. D'abord, jamais on n'aurait pu penser que c'était un petit truqueur.

— Ah ! c'était un petit truqueur ?

— Pis que ça, ma chère ! une bande ! Trois fois, vous m'entendez, trois fois, ils m'ont arrêté dans la rue et retourné les poches... et les lettres de chantage ! et les menaces de revolver ! et cette crapule de petit voyou qui me la faisait aux larmes, à la mineure violée ! et la police ! et tout le reste !

— Un sale coup, mon garçon !

— Vous pouvez le dire ! À la fin, ils voulaient un sac sérieux, trois mille — ils promettaient de me laisser tranquille... Vous m'avez refusé, et dame..., me voilà ! Figurez-vous que j'ai failli rater le train... des précautions de voleur !

— Vous pouvez remercier Annie, vous savez.

— Oh ! oui. Et vous aussi, malgré les trois mille. Vous avez une mine superbe, Claudine.

Il a tiré une glace de poche et s'y mue un œil.

J'éclate :

— À la fin ! vous n'allez pas me demander des nouvelles de votre père ?

Marcel esquisse un sourire forcé :

— Oh ! je pense bien que, s'il y avait une rechute, vous m'auriez parlé de lui avant tout le reste...

Il bâille, pâlît soudain et s'appuie à la table :

— Quoi ? Vous tournez de l'œil ?

— Je ne sais pas, balbutie-t-il. Je suis si fatigué... Si je pouvais avoir un bouillon et un lit...

Depuis ce jour-là il dort — je n'ai pas autre chose à consigner. Il dort. Il s'éveille pour manger, boire, demander l'heure et... se rendort. J'écris à Renaud :

« Marcel nous a fait le plaisir de passer par Casamène. Ne vous inquiétez pas, mon chéri il va bien, mène une vie tranquille et n'a pas besoin d'argent... »

Je demeure au-dessous de la vérité : Marcel ferait la pige à une béguine. Inquiète, au début, de sa léthargie, j'ai demandé les avis du médecin de la petite ville, le père Lebon ; ce gros homme asthmatique s'est fait voiturer, geignant, en haut de notre terrible côte, a discouru sur ses propres maux, oppressions, suffocations, catarrhes, et j'ai dû sans délai le réconforter d'un grog. Moyennant quoi il a consenti à examiner le pouls, la langue, la peau délicate de mon beau-fils, et, dubitatif :

— Ça ne serait-il pas une fièvre de croissance ?

Ce beau diagnostic m'a coûté dix francs, mais je ne les regrette pas.

Trois fois le jour, ponctuelle, je grimpe l'unique étage, je longe le couloir qui sent le grenier, je frappe à la porte et j'entre avant d'avoir reçu une réponse ; Marcel est là, répandu dans l'ombre des rideaux. Je n'y vois guère qu'un visage blanc barré d'une mèche blonde de cheveux trop longs, une main abandonnée, les doigts pendants et tièdes, hors de la manche d'un pyjama de soie ciel qui bâille sur la poitrine... S'il dort, je pose là une tasse de consommé et m'en vais, sans prendre la peine d'ouater mon pas.

Parfois, un bâillement gémi, un appel inarticulé me retiennent et je consens à m'arrêter un instant.

— C'est vous... euh... chose... ?

— Non, c'est moi.

— Ah ! c'est vous, Claudine... Quelle heure est-il ?

— Moins le quart.

— Déjà ! Comme j'ai dormi ! Je meurs de sommeil. Qu'est-ce que vous m'apportez là ?

— De la gelée de groseille et une aile de poulet froid.

— Tout de même... Mais je voudrais de l'eau chaude avant. Merci. Annie va bien ? Faites-lui mes excuses... Quel temps aujourd'hui ?
— Le dix-sept.
— Vous êtes mille fois bonne. Bonsoir, Claudine.

Et je redescends, allégée pour quelques heures de mes devoirs de marâtre. Me voilà bien, entre Renaud dans le frigorifique et son fils en léthargie ! Décidément, le ciel n'a pas voulu mettre en moi l'âme d'une sœur de charité. Les malades m'attristent et m'irritent, les enfants m'agacent... Jolie petite nature ! Je mériterais, pour me punir, une trôlée de mioches à moucher, à ficeler, à peigner...

Un enfant, moi ! Par quel bout ça se prend-il ? Sûr, si j'accouchais de quelque chose, ce serait d'un bébé-bête, poilu, tigré, les pattes molles et les griffes déjà dures, les oreilles bien plantées et les yeux horizontaux, comme sa mère... Et Bostock nous ferait un pont d'or.

Ma petite Annie en a vu de dures, ces jours-ci. Je ne suis pas à prendre avec une pince à sucre depuis l'arrivée de Marcel. Je ne lui parle que pour la taquiner ou l'humilier — ce qu'elle subit d'ailleurs avec un secret agrément. Au fond, cette fausse évadée, je la vois assez bien dans un de ces pays où l'on attelle la femme à la voiture, à côté du chien, pendant que l'homme, les mains ballantes, chante une chanson qui loue l'amour, la vengeance et les lames damasquinées...

Le soir, elle brode ou lit. Je lis ou je joue avec le feu (car il fait froid, maintenant, un feu somptueux de souches de pommiers, de pommes de pin, de tout l'élagage du printemps : baguettes en fagots qui proviennent de la taille des abricotiers, margotins de lilas que la flamme semble boire... Je secoue le brasier, je manœuvre le soufflet en vernis Martin qui s'écaille, je choisis les souches dans le coffre comme on choisit les livres aimés, n'élisant que les bistournées, les monstrueuses, qui, dans la cheminée, se tiennent debout sur une corne... Cependant, j'observe un silence bougon de prisonnière.

Un petit tintement de cuiller et de porcelaine dans le couloir m'avertit qu'on va monter chez Marcel la tasse de tilleul qu'il boit à dix heures, et je serre tout à coup les mâchoires, prête à me lever, à balayer la lampe et la table, et Annie, et Marcel ; en criant « Fichez-moi le camp ! J'ai besoin d'être seule et de ne pas entendre vivre sottement à côté de moi ! »

Mais ça ne se fait pas. Et puis leur effarement me demanderait « pourquoi ? » Toujours expliquer, toujours expliquer ! Les gens sont étonnants : ils n'oseraient pas vous demander des nouvelles de vos fonctions intimes, mais ils vous questionnent crûment sur les mobiles de vos actes, sans pudeur, ni retenue...

— Marthe me charge de mille choses aimables pour vous, dit Annie en repliant une lettre.

— Marthe ? Marthe Payet ? vous êtes donc restée en relations avec votre belle-sœur, après votre divorce ?

Le chocolat matinal fume entre nous deux, et le poêle ronfle. Malgré les chaises anglaises au dossier inhospitalier, malgré les dressoirs Maple et le nickel Kirby, la longue salle à manger est restée provinciale, Dieu merci, un peu sombre et sérieuse : une seule fenêtre et beaucoup de placards pour les liqueurs, l'épicerie et les confitures... On dut autrefois y manger beaucoup, pieusement. Nous sommes toutes petites là-dedans, Annie en saut-de-lit bleu, moi en laine rose à manches de moine, les cheveux brouillés et les idées claires, car le matin ramène en mon être bien portant une allégresse remuante, l'appétit joyeux de m'attabler devant une journée à peine entamée...

Le chocolat embaume, un soleil d'argent joue dans ma tasse, Renaud va mieux et sa lettre projette des voyages, des fugues au soleil, des gâteries égoïstes pour nous deux tout seuls... Le bon matin, le bon matin ! Et Annie, qui replie sa lettre, penaude d'avoir eu la langue si longue !

— Vous correspondez avec Marthe ? Je vous croyais brouillées ?

— Nous l'avons été ; mais, il y a deux ans, comme j'étais de passage à Paris, nous nous sommes rencontrées, par hasard : j'allais passer sans rien dire, quand elle s'est précipitée sur moi avec les plus vives démonstrations de tendresse en m'affirmant qu'elle m'avait toujours gardé son affection entière et que, loin de me blâmer, elle m'approuvait d'avoir planté là, dès que je l'avais découvert infidèle, l'« imbécile prétentieux » — c'est l'expression de Marthe — qui fut mon mari et qui reste son frère à elle... Pour tout dire, je crois que celui-ci venait de lui refuser une certaine somme dont elle avait alors besoin...

— Et que vous, vous avez fournie après cette scène touchante de réconciliation !

— Oui... Comment le savez-vous ?

— Je devine, mon petit : c'est un don que j'ai comme ça.

— Elle m'a d'ailleurs remboursée très peu de temps après...

— Oui ? Voilà qui m'étonne davantage !

— C'est à peu près depuis cette époque-là qu'elle « connaît » quelqu'un qui la comble de bijoux, de dentelles, de tout...

— Mais Maugis ?
— Maugis, elle le garde « pour s'engueuler avec », à ce qu'elle dit.
— Et son mari ?
Annie tortille une enveloppe, l'air gêné :
— Ah ! ce n'est pas le plus beau de l'histoire. Il est malheureux, le pauvre Léon, si malheureux qu'il s'en met à avoir du talent !
— Sans rire ?
— Sans rire, vous l'avez dit. Mais vous n'avez donc pas lu son dernier roman : *Une femme* ?
— Ma foi, non : il me l'a envoyé ; mais comme je ne pouvais pas le supposer moins rasoir que les précédents, je n'en ai même pas coupé les pages.
— Lisez-le, Claudine. Vous verrez, c'est le journal, si naïf, d'une douleur qui se complaît en elle-même... Ses amis ont crié au scandale, et voilà ce pauvre Léon qui passe pour un cynique, pour un ignoble individu de génie...
— Je ne le plains pas. S'il ne fallait qu'être cocu pour avoir du talent... votre mari serait un Prince des Lettres, Annie !
Pendant qu'elle rit comme une pensionnaire, la tête tirée en arrière par sa grosse natte, une porte s'ouvre... et Marcel paraît !
Marcel en molleton blanc qui s'arrête en tendant un pied hésitant de baigneuse !... Annie coupe net son rire et le considère, sa bouche plaintive entrouverte, pendant que je crie, furieuse soudain :
— Comme c'est malin ! Mon petit, tâchez donc d'aller vous recoucher vivement : j'en ai assez de vous voir tourner de l'œil et joncher les tapis comme une fleur coupée !
Annie, qui redoute les effusions de sang, s'interpose :
— Mais pas du tout ! Puisque vous êtes descendu, Marcel, prenez cette chaise, là, le dos au poêle... Vous n'avez pas déjeuné ?
Sourire dolent de la « fleur coupée » :
— Merci. Que d'excuses je vous dois, et quel refuge inespéré j'ai trouvé en vous, ma chère Annie !
Sa chère Annie ! Va-t-il la tutoyer, aussi ? Là, vrai, si on m'assurait que la cave n'est pas trop humide, avec quel plaisir j'y enfermerais ce... ce Marcel !
Il s'installe, beurre des rôties, mange, emplit sa tasse, tourne sa cuiller, le petit doigt levé, laisse le soleil aveugler ses yeux grands ouverts, éblouis et heureux...
Ses dix jours de lit, de sommeil, de poulet et de confitures lui ont

enlevé dix ans. C'est l'adolescent Marcel d'avant mon mariage, celui dont je touchais la joue, émerveillée, pour « voir si c'était vivant » pour regarder le bout de mon doigt ensuite avec la surprise de n'y pas trouver un peu de poudre de pastel argenté, mêlée au bleu-vert qui servit à dessiner les veines... Il a mon âge, ce bibelot ? Moi, tous les soleils de l'été se sont mirés dans l'or de ma peau, ont ganté mes mains sèches et chaudes, et la bise de cette semaine a fendu d'une gerçure fine et cuisante l'arc si bien tendu de ma lèvre supérieure...

Annie contemple Marcel avec des sentiments très différents des miens, qu'elle résume en cette exclamation simplette :

— Comme c'est amusant de voir un homme ici !

L' » homme » pince la bouche pour une moue où il y a de tout : vanité, vexation, modestie de quelqu'un qui n'en demandait pas tant... Sa petite maladie lui a posé sous les yeux deux vallons de nacre mauve, deux poétiques gnons voluptueux. Annie ne mange plus. Songe-t-elle, devant mon beau-fils, au petit chauffeur d'Agay ou au chasseur de Carlsbad ? Ses souvenirs n'ont que l'embarras du choix. Dieu ! que je rirais si elle tombait amoureuse de Marcel ! Faute de grives... Mais je le connais, lui ! c'est un merle qui ne se laissera pas prendre — que dis-je ? une merlette, une merlette blanche !

— Papa va bien, Claudine ?

— Pas mal, merci. Il m'écrit trois fois par semaine.

— Il revient bientôt ?

— Je ne sais pas. Les médecins le disent plus galvanisé par l'altitude que réellement guéri... Trois semaines, un mois, peut-être davantage...

— Comme c'est long ! s'exclame Marcel poliment.

— Je te crois !

— Ah ! le surmenage, ma chère ! Ainsi, moi... Mais j'ai peur d'ennuyer Annie.

— Du tout, du tout...

— Et, d'ailleurs, je suis guéri, guéri, guéri ! Vous êtes mes deux anges !

— Oui, oui, c'est convenu... Quand partez-vous ?

Le rose délicat de ses joues s'efface, il jette vers la porte un coup d'œil peureux... J'ai un peu honte :

— Je voulais dire : vous n'avez rien qui vous appelle à Paris ou ailleurs ?

— La simple prudence..., commence Annie.

Elle n'achève pas sa phrase, mais je sens le reproche indirect : dame ! elle sait vivre, elle ! Ce n'est pas Annie qui s'installerait chez une amie pour y régenter bêtes et gens, changer l'heure des repas, harceler l'apathie d'un fermier somnolent qui laisse pourrir en terre les pommes de terre oubliées...

Non, je me tairai. Et ce sera encore pis. Qu'ils tremblent ! car je vais être polie et impersonnelle... Vaine résolution : ces choses-là, il faut les apprendre tout petit...

Le silence devient pesant : Annie souffre, Marcel gratte la nappe écrue. Je m'hypnotise sur l'étoile ardente découpée dans la porte du poêle. Enfin, ma brune amie respire profondément et, d'une faible voix, répète comme un écho pas pressé :

— Vous n'avez sans doute rien qui vous rappelle à Paris ?

— Non, rien... Et même au contraire...

Je ris grossièrement. Ah ! oui, « au contraire ». Il a la frousse de se faire entôler, ou pis encore. Quelle pitié !

— Alors..., vous nous faites le plaisir de rester quelque temps ?

Ça n'a l'air de rien, cette petite phrase. Eh bien, dans la bouche d'Annie, c'est, ni plus, ni moins, un coup de force, une manifestation d'indépendance, un acte de lèse-Claudine !

Plus intelligent qu'elle, Marcel l'a senti. Et c'est moi qu'il regarde, indécis, en répondant :

— Vous êtes mille fois bonne, Annie... Pourtant...

— Restez, Marcel, assez de chichi.

J'ai posé ma main sur son épaule, bourrade autant que caresse, et mon amour-propre d'hôtesse insociable se satisfait de sentir plier, sous ma main dure, cette épaule fuyante d'une grâce féminine très second empire.

*L*a vie s'organise à trois, moins pénible que je le craignais. Et puis Renaud m'écrit des lettres si rassurées, si chaudes d'une reconnaissance que je ne mérite pas ! » J'étais si sûr de toi, ma chérie, je savais que tu arrangerais tout, que tu me ferais un oreiller sans pli, et tu as attiré jusqu'à *Port-Annie* cet enfant perdu que j'ai si mal élevé... »

Pour cette lettre-là, pour ce cri de gratitude que je mérite si peu, j'ai eu envie de pleurer de honte, de casser les vitres, de ravager le mobilier anglais à coups de pied... Toby-Chien seul l'a su ; petit gnome noir couché sous ma table, il a perçu, avant que j'aie bougé, les premières atteintes du fluide dévastateur... Inquiet, la peau tremblante il s'est dressé sur ses courtes pattes de derrière, posant au ras de la table sa tête monstrueuse aux yeux de nègre, les dents luisantes et les griffes trapues d'un bonasse démon hissant de l'abîme. Alors je l'ai caressé et je lui ai demandé mentalement pardon.

Oui, la vie s'organise ; je tâche de l'organiser à ma guise, et souvent j'échoue. Entre Annie et Marcel, qui n'échangent pas trois paroles hors de ma présence, je devine une secrète alliance de faibles et de sournois. Mon beau-fils, expert en l'art de graduer ses effets, exhibe petit à petit un jeu de cravates, de casquettes plates à grande visière, de *knickerbockers* et de bas tyroliens, propres à fanatiser les foules. Il y a un certain *Norfolksuit* — toujours un peu trop ajusté — dans lequel il joue les pages... Annie, excitée, va jusqu'à renouer trois fois par jour sur sa nuque sa queue d'étalon noir et risque à dîner des quarts-de-peau. Dédaigneuse, je ne condescends pas à quitter mes courtes jupes d'*homespun*, ni les chemisettes chaudes et souples dont les nuances unies, orange vif, rose chinois, vert turquoise, m'embellissent et tachent agréablement les pelouses rouillées. De la bure en dessus, du linon de princesse en dessous, des semelles doubles aux pieds et rien sur la tête, je ne me fais pas une autre idée du bonheur physique ici-bas. Marcel m'appelle en riant « Fille des Mévas », et je me rebiffe. Les Mévas sont des tourtes dangereuses, avec leurs manies de coucher sur la dure et de bouffer des navets crus. Des navets crus ! Oh ! l'haleine d'une douce fiancée Méva...

Cependant, mon peuple (ma petite détraquée et mon jeune inverti), mon peuple, s'il ne murmure pas, élude ; il y a quelque chose de changé dans mon tranquille royaume bombé, mon cabochon où les traces d'une civilisation prétentieuse s'effacent lentement... Ainsi :

— Qu'est-ce qu'on fait aujourd'hui, Claudine ?

— *Vous*, Marcel, je ne sais pas. *Moi*, je ramasse des pommes de pin et peut-être aussi des champignons. Et vous, Annie ?

— Moi ? rien... je ne sais pas.

— Le programme des fêtes étant arrêté... bonsoir, mes enfants. J'en ai pour jusqu'à la cloche du déjeuner.

Et je m'en vais avec affectation, un panier à chaque bras, et sur mes talons, Toby-Chien en tenue de promenade. La tenue de promenade de Toby-Chien consiste principalement en une pomme qu'il porte dans sa gueule, une pomme beaucoup trop grosse qui distend ses mâchoires et le fait ressembler à un dauphin. On voit que ça l'embête à mourir, mais c'est sans doute le résultat d'un vœu...

À quinze pas de là, Marcel court et me rattrape.

— Où est-ce les pommes de pin ?

— Sous les pins.

— Loin d'ici ?

— À ce petit bois, de l'autre côté de la combe.

— Je vais avec vous.

— Si vous voulez.

Je siffle, en marchant vite à travers l'herbe mouillée. Marcel jette un coup d'œil de regret sur ses bottines jaunes luisantes, hésite et me suit. Sous la sapinière, il fait un demi-jour d'orage, un silence recueilli d'avant les bourrasques. L'odeur des pommes de pin, des feuilles décomposées et des champignons éclos la nuit me rajeunit de quinze ans ; me voici à Montigny avec ma sœur de lait Claire... le troupeau de moutons est là, de l'autre côté du bois « prrr... ma guéline... » Et sous le feu de brindilles nous cuirons les pommes...

— Qu'est-ce que vous chantez là, Claudine ?

— Une chanson de quand j'étais petite...

Une chanson qui vient de loin, de Montigny-en-Fresnois... j'entends encore ma voix rude et fraîche... une chanson d'avant ma vie, d'avant Renaud, d'avant l'amour... Ah ! que j'aime mon enfance !

> *Hé, n'querriez donc point, ma Mère.*
> *Y vins de Dijon.*
> *De vouer passer la bannière*
> *Du princ' de Borbon...*

Active, muette, oublieuse, je ramasse des pommes de pin, je poisse mes doigts d'une gomme parfumée et me redresse enfin, le dos courbaturé.

— Dites donc, Marcel, ne vous fatiguez pas.

Son menton rusé pointe en avant, ses yeux bleus, sombres sous la visière de la casquette, me narguent avec une puérile malice.

— Tiens, pensez-vous que je vais me fourrer les doigts dans toutes ces cochonneries !

— C'est pas des cochonneries, c'est de la résine.

Il se penche, ramasse entre deux ongles, par une écaille, une pomme de pin sèche, et la lance dans le panier, le bras allongé en avant comme les petites filles qui jettent des pierres.

— Voilà, j'ai assez travaillé... Tiens, Annie !

En effet, c'est Annie. Lente, une capeline de bains-de-mer en toile rouge nouée sous le menton, elle s'avance d'un pas désœuvré, exagère la distraction de son regard pour affirmer : « Je ne venais pas vous rejoindre... je passe, par hasard. »

— Anni-i-ie !...

L'écho de la combe nous « écharnit »* d'une voix faible et distincte... Elle répond de loin : « Claudi-i-ine ! » mais aucun double moqueur et caché ne répète son cri... Assise sur un tapis feutré d'aiguilles de sapin, j'épile soigneusement un mousseron tout frais, englué d'une chevelure d'herbe fine. Il est moite et froid, emperlé et tendre comme un nez d'agneau et si tentant qu'au lieu de le déposer dans le panier je le croque cru délicieux, il sent la truffe et la terre...

— Qu'est-ce que vous mangez là ? crie mon amie.

— Des champignons.

— Dieu ! Elle va s'empoisonner ! Empêchez-la, Marcel... J'apporte le courrier, ajoute-t-elle.

Pourquoi faut-il que j'entende sous cette phrase si simple une sorte d'excuse à son arrivée ? Je n'aime pas cette manière théâtrale d'expliquer une entrée ou une sortie... Il est vrai que je suis tellement difficile ! Les gens qui m'ont vue trois fois s'y trompent. À me voir, coiffée en coup de vent, la jupe à ras de terre, le pied solide et le coup d'œil droit, ils se disent « Voilà la petite bonne femme qu'il me faudrait ! C'est allant, c'est vif, et si facile à vivre !... » essayez donc ! Si j'étais homme et que je me connusse à fond, je ne m'aimerais guère inso-

---

* Écharnir : imiter par moquerie

emballée ou révoltée à première vue, un flair qui se prétend infaillible et ne fait pas de concessions, maniaque, fausse bohème, très « propriote » au fond, jalouse, sincère par paresse et menteuse par pudeur...

Je dis ça aujourd'hui, et puis, demain, je me trouverai charmante...

— J'ai une lettre de papa, Claudine.
— Ah !

C'est un « ah ! » de contrariété qui m'échappe. Une lettre de Renaud qui n'est pas pour moi ! Et cette fille rusée de Marcel qui me cache cela depuis ce matin !

Au bout du corridor qui sent le grenier de province et le coffre à avoine, nous nous souhaitons une bonne nuit, lampes hautes. Le bras levé, j'éclaire exprès le visage de Marcel, les tempes étroites, les yeux d'un bleu faux, — turquoises un peu malades — le front lisse et cruel, le menton fendu d'une fossette oblongue comme celui de Rézi... Les longs sommeils chastes, l'air montagnard, quelques semaines de froid vif et de soleil ont suffi pour rendre à tous ses traits une vénusté inquiétante. La bouche brille, humide, et s'entrouvre dès qu'on la regarde, par habitude de coquetterie.

— Vous vous poudrez, Marcel ?
— Toujours un peu. Vous avez un tel vent coupant, dans ce pays !
— On nous le fait sur mesure. N'empêche, vous avez une mine !
— Qui vous fait honneur !
— Dites donc... Renaud ne dit rien de particulier ?

Il rit d'un air de pitié amusée.

— Toujours la même ! Allons, entrez une minute, on vous lira ça.

La chambre, grise et rose, fleure le foin coupé mêlé à un autre parfum plus grue. J'hésite entre l'extase et la nausée. Je pose ma lampe et Marcel, bon prince, me tend la lettre de Renaud... Des gentillesses de camarade, plutôt que de père, des nouvelles de la neige, des anecdotes de toboggan et ces lignes touchantes : « Fais attention à Claudine, mon petit. Elle est mon enfant autant que toi, et je ne sais lequel de vous deux confier à l'autre... » Je souris de tristesse, en regardant Marcel se déshabiller. Il me traite en copain, plus qu'en belle-maman, et se dévêt tranquillement, découvrant des dessous... professionnels...

— Mâtin ! ce caleçon de soie rose, ma chère ! Tout ça pour Casamène ? Heureuse Annie !

— Ne chinez pas, allons ! (Il dénoue sa cravate devant une psyché et frappe du pied en boudant.) Vous pensez bien que ce n'est pas pour Annie, ni pour vous. Seulement, vous savez dans quel désarroi j'ai empli ma malle, et...

— Au fait, on ne vous a pas pisté de là-bas ?

— Dieu merci, non ! soupire-t-il en se laissant aller au creux d'un fauteuil, à l'aise dans un pyjama de flanelle blanche. Sale histoire tout de même. Oh ! les élèves des lycées ! Si on m'y repince !

— Mais vous m'avez dit que c'était un truqueur ?

— Oui, mais c'est par l'élève que j'ai connu le truqueur.

— Singulier canal !

— C'est si compliqué ! Enfin, voilà les grandes lignes. Vaney, vous savez bien, Vaney... Ce blond charmant, rose comme un bonbon ?

— Connais pas.

— Il n'y a que vous ! Avec votre manie de courir autour de mon père, vous ne savez rien du monde extérieur... Enfin, Vaney, cet ange, cette petite sainte de vitrail, ma chère, il était de mèche avec le truqueur !

— Oh !

— Il raccrochait des types chics dans les relations de sa famille et, n'osant pas tarifer ses propres faveurs, rabattait pour le petit truqueur et partageait la galette avec lui. Une fois aux mains, si j'ose dire, du petit truqueur (vraiment un peu trop jeune) et de sa bande, les types n'en menaient pas large... Je vous demande pardon, j'ai un vocabulaire de potache..., un souvenir de Vaney...

— La petite sainte ?

— La courtisane sacrée, plutôt !

— Il était « courtisane sacrée » au lycée Marat quand je l'ai connu. C'est vrai, vous ne savez pas... Ces gosses, ils ont une hiérarchie compliquée, ressortissant à Ubu-Roi et à Flaubert... Je m'en suis amusé trois semaines. Croiriez-vous qu'ils m'avaient décoré « à titre étranger » de l'ordre de « l'Eliphas de Muerdre ». J'allais au parloir le samedi...

— Quelle émeute ce jour-là !

— Émeute, et meute ! Des frimousses excitées à toutes les portes, des rires pour que je daigne me retourner, des mouchoirs qu'on laissait tomber en me frôlant du coude « oh ! pardon ! » des lettres anonymes, d'autres signées... ah ! le beau temps !...ah ! jeunesse !...

— Regardez-moi cet octogénaire !

Agacé, il ondule des reins au fond de son fauteuil et me méprise sans détour.

— La plus intelligente des femmes — et vous êtes la plus intelligente des femmes, Claudine ! — ne comprend jamais tout de suite. Ce n'est pas ma jeunesse que je regrette, mais la leur ! Que deviendront-ils, mes jolis gosses de partout ? Pour un qui se garde lisse, mince et blanc, combien tournent au triste jeune coq enroué, taché de boutons, sali de barbe, honteux de lui-même, qui court par imbécillité derrière des jupes de cuisinière... Leurs mains grossissent, leur voix change, leur nez surtout, oh ! leur désolant nez ! Et cette herbe de poils partout, et... Pouah !... ce sont de jeunes hommes, si vous voulez, ce n'est plus l'adolescence enivrante, la beauté sans fêlure, hélas ! et sans durée... la chair fraîche...

« La chair fraîche... » où donc ai-je entendu ces trois mots voluptueux, dans lesquels la bouche mord en les prononçant ? Ah ! oui, Annie... Que disait-elle ? » Dieu vous préserve, Claudine, d'être tentée par la chair fraîche !... Vous ne pouvez pas savoir !... » Stupides jeunes ogres qu'ils sont tous deux ! Cette manière de traiter l'amour en comestible ! Je voudrais leur dire... À quoi bon ? C'est du bout des lèvres, avec un air renseigné et important, que je souhaite bonne nuit à mon beau-fils, Pierrot mince en serre-tête soyeux de cheveux blonds, affalé dans sa flanelle blanche...

Ô cher Renaud, comme cela me fait sagement et paisiblement hausser les épaules, de voir qu'aujourd'hui votre lettre se préoccupe (avec ce souci de détail qui d'abord trompe sur votre caractère, peu méthodique au fond) de projeter, mois par mois, étape par étape, notre fugue de l'été prochain ! « En juin, nous plaquons Paris pour six bonnes semaines de Montigny ; fin juillet, Vittel... Et puis, il faut absolument caser, à mi-septembre, un petit circulaire dont j'ai l'idée vers la Forêt-Noire, quelque chose de démodé, de second empire... Qu'est-ce que tu en dis, chérie ? »

Moi ? je dis oui, naturellement. Si je disais non, vous bouderiez d'abord, puis je vous vois élaborer ensuite un autre itinéraire, élire une autre source salutaire à votre arthritisme... Et pour ce que me coûte mon consentement ! Où vous voudrez, comme vous voudrez... Assurée de trouver auprès de vous, en votre seule présence, tout ce qui m'est nécessaire — parfois un peu plus — je tourne à l'avenir un dos indifférent. Je marche imprévoyante vers lui, à reculons, en traînant les pieds.

Imprévoyante, je n'ai pas dit patiente. Si vous rentrez après l'heure fixée, si ma soif en été attend une longue minute le verre d'eau fraîche, si la pêche que je veux manger à l'espalier mûrit sa joue d'un fard trop lent, oui, je rage, oui, je trépigne, et mon soupir excédé soulève le poids mortel d'une heure interminable, mais... mais cela ne fait pas que je vous ressemble, et quel arrangement fastidieux que celui d'une année découpée d'avance, servie en « assiette anglaise » devant moi, pendant douze mois !

Ce qui viendra viendra, et voilà tout. Que dis-je ! Cela vient déjà, en dépit de vous et votre devis soigneux. Vous m'approuvez de n'aimer point, lorsque notre tête-à-tête se fait le plus silencieux, la hâte, ni les... bouchées doubles. Approuvez-moi d'aimer les jours simples et ne me forcez pas, sous couleur de prévoyance, de goûter à la fois cette année-ci et la suivante.

Quand j'étais petite, une grande sagesse précoce m'envoya, au plus beau de mes joies, plusieurs avertissements mélancoliques, d'une amertume savoureuse au-dessus de mon âge. Elle me dit... Vous pensez à une belle dame en blanc avec un diadème, qui m'apparut parmi l'obscur feuillage du vieux noyer ? Pas du tout ! C'était simplement, banalement, la « voix secrète », une immobilisation presque douloureuse de ma pensée, de tout mon petit animal bien portant, excité et repu, une porte entrouverte qui pour les enfants de mon âge demeure d'habitude fermée... Elle me disait : « Vois, arrête-toi, cet instant est beau ! Y a-t-il ailleurs, dans toute ta vie qui se précipite, un soleil aussi blond, un lilas aussi bleu à force d'être mauve, un livre aussi passionnant, un fruit aussi ruisselant de parfums sucrés, un lit aussi frais de draps rudes et blancs ? Reverras-tu plus belle la forme de ces collines ? Combien de temps seras-tu encore cette enfant ivre de sa seule vie, du seul battement de ses heureuses artères ? Tout est si frais en toi que tu ne songes pas que tu as des membres, des dents, des yeux, une bouche douce et périssable. Où ressentiras-tu la première piqûre, la première déchéance ?... Oh ! souhaite d'arrêter le temps, souhaite de demeurer encore un peu pareille à toi-même : ne grandis pas, ne pense pas, ne souffle pas ! Souhaite cela si fort qu'un dieu, quelque part, s'en émeuve et t'exauce !... »

Je vous ai confié un jour tout ceci, Renaud. Vous n'avez pas souri de la petite illuminée que j'étais, mais vous m'avez dardé jusqu'au fond des yeux le regard noir, vindicatif, le regard d'absurde et têtue jalousie, qui m'agace, m'enchante, qui s'écrie :

— Je te défends de me raconter qu'il y a eu un temps où je ne t'ai pas connue !

— C'est moi, Annie... Vous n'auriez pas... de la vaseline, une pommade quelconque, une glycérine. C'est pour ma lèvre qui est gercée et que je mords tout le temps...

Annie m'ouvre sa chambre et se tient, étonnée, sur le seuil, avec l'air chinois et plaintif que lui donne sa grosse natte noire, tressée pour la nuit. Je m'excuse, je donne des explications, — car il ne m'arrive presque jamais de pénétrer dans la chambre d'Annie. Je sens qu'elle n'y aime aucune présence, fût-ce la mienne. Craint-elle que les rideaux jaunes, la tenture blanche à frise de faux ébénier, le banal mobilier blanc d'hôtel très soigné ne racontent ses nuits secouées de demi-somnambule ? La chambre ne sent pas le mystère, mon flair n'y découvre aucune odeur personnelle, — tout au plus un parfum de bois exotique et précieux, émané, j'en jurerais, du corps même d'Annie qui n'use point de parfums artificiels...

Logis de voyageuse où je cherche dans un coin la malle de parchemin... La table à écrire offre son buvard vierge, sa plume rouillée. Nulle photographie ne sourit au mur vide. Le jour où mon amie s'enfuira de nouveau, elle prendra peut-être ce roman qui bâille sur le lit ouvert, ce petit mouchoir froissé sur la table, et rien d'Annie ne demeurera dans cette chambre anonyme...

Mon étrange hôtesse attend, ses yeux bleus dolents ouverts dans sa figure brune, et entrouvre la bouche pendant que je parle, avec cette moue involontaire qui donne envie de rire et de la battre...

— De la pommade pour les lèvres ?... non... il n'y a jamais rien dans cette maison... Ah ! si, attendez !

Elle ouvre un placard, remue un fouillis obscur et revient contente.

— Voilà. Ça peut servir pour les gerçures, je crois.

Sur la boîte qu'elle me tend, je lis : *Blanc gras des artistes, rachel.*

— Mais, c'est du blanc de scène, ça ! Où l'avez-vous chipé ?

— Je ne l'ai pas chipé. Je l'ai acheté parce que j'en avais besoin. Il doit être un peu rance, depuis le temps.

— Comédie de salon ?

— Mais non, soupire-t-elle avec lassitude... Pantomime de théâtre. J'ai joué la pantomime pendant quelques jours.

— Où ça ? À l'étranger ?

Je l'interroge avec sécheresse, vexée, blessée de tout ce qu'elle me cache — ou qu'elle invente ? Elle s'assied sur son lit et se passe la main sur le front. Je la secoue par son bras mince, nu hors du saut-de-lit bleu pâle.

— Vous vous moquez de moi, Annie ?

De se sentir un peu violentée, elle sourit, consentante. Il fait tiède ; un feu de braise dort sous ses peluches de cendres blanches... De la hanche je pousse Annie pour me faire une place sur l'édredon capitonné, contre elle, heureuse de la belle histoire inconnue, de la confiance retrouvée d'Annie, de l'heure déjà tardive et du ruissellement soyeux de la pluie d'hiver contre les volets...

Pelotonnée, les genoux dans ses bras noués, Annie commence :

— Voilà... Vous souvenez-vous d'un spectacle coupé du théâtre des Pâturins ? On donnait ensemble un petit opéra en deux actes, très dramatique, qui s'appelait *La Vieille Reine*, et puis une « tranche de vie » où on tue tout, et puis une farce d'étudiants et enfin une pantomime intitulée : *Le Dieu, le mirage et la puissance* !

— Heu... je m'en souviens vaguement.

— Je pensais bien. Le théâtre a fait faillite au bout de quinze jours. La pantomime était pourtant jolie... J'y jouais la petite esclave qui cueille des roses et que le chèvre-pieds emporte à la fin.

— Vous !... Vous avez fait du théâtre ?

Elle sourit sans vanité :

— Je ne dis pas cela, Claudine. J'ai joué la pantomime... Ce n'est pas difficile, allez ! Et puis, j'y étais forcée. Il faut vous dire...

Elle plisse à petits plis minutieux la batiste de sa chemise de nuit, dont le jabot s'échappe de sa robe décroisée.

— J'avais rencontré, peu de temps avant, un « petit cabot », comme ils disent. Un jeune homme du Conservatoire, enfin. Oh ! pas n'importe lequel ! un accessit de tragédie, mais oui... Un premier accessit de tragédie et un tragédien, ce n'est malheureusement pas la même chose... Il avait joué des petits rôles chez Sarah : le seigneur Vendramin, le page Orlando, à cause de ses jambes, des jambes...

Elle cherche une comparaison, n'en trouve que d'indignes...

— Enfin, des jambes ! Sarah lui a dit, un jour qu'il jouait le page Orlando : « Mon petit, tu as la jambe de l'époque. »

— Quelle époque, Annie ? Celle de Sarah ?

— Non... le XVIe siècle, je crois...

— Où l'aviez-vous pêché ?

Elle me rit au nez, enfonce son petit doigt dans l'oreiller rebondi et se tait.

— Vous n'êtes pas gentille, Annie ! Dites tout ou je vous chatouille !

J'ai dit cela sans y penser, mais l'effet est prodigieux. Annie se ramasse en boule contre le mur, tend des mains épouvantées et implore :

— Non ! non ! pas ça ! ou bien je meurs !... Je dirai tout !...

Et elle achève précipitamment en avalant sa salive :

— Je l'ai rencontré chez vous, là !

— Chez moi ? Quelle blague ! Je ne me suis jamais connu de page Renaissance... Vous délirez, Annie.

— Pas du tout ! Il était — ce pauvre petit, tout de même, — secrétaire intérimaire de Renaud pendant trois semaines.

Je me frappe le front comme au théâtre :

— Attendez donc !... Un gosse avec trop de cheveux, pas assez de linge, de beaux yeux...

Elle acquiesce, chaque fois, d'un signe de tête.

— C'est ça, c'est ça ! Il s'appelait...

— Auguste, fait-elle d'une voix douce.

— À la maison, il se faisait appeler... monsieur de Saint-Yorre, simplement.

— C'était un pseudonyme.

Qu'elle a bien dit cela ! qu'elle est gentille ! C'est ainsi que je l'aime, que je la voudrais toujours, à moitié bébête, à moitié perverse, toute torturée d'impureté sous son attitude chaste... Je l'attire à moi par sa grosse natte, comme un fruit au bout d'une branche flexible, et je l'embrasse au hasard, sur sa joue, sur son petit nez froid... La pauvre enfant ! Elle plie sous la moindre caresse, elle appartient à tous, à moi si je voulais, au jardinier Francis...

— Ah ! c'était un pseudonyme ? Chérie, va !... Et alors ?

Alors, rien. Rien... d'abord. Vous vous souvenez que je me cachais à cette époque. Alain, Marthe, mon procès de divorce... Je vous dis adieu et je repartis pour... Casamène, et je devais ne traverser Paris que trois mois après, en mai...

— Je me souviens. Mais je ne vous ai pas revue, cette année-là ?

Elle hausse les épaules, les sourcils, le menton...

— Qu'est-ce que vous voulez ? Il faut me pardonner, Claudine. Je suis revenue à Paris, en mai, et le hasard a voulu que je rencontre devant l'hôtel Régina...

— Le seigneur Vendramin. Il tombait bien ?

— Mieux que je ne puis vous le dire, soupire Annie. Mon voyage à Londres...

— À Casamène, je croyais ?

Non, à Londres... m'avait creusée d'ennui, d'inanition, tout est si surveillé, là-bas !... Et puis le seigneur Vendramin éblouissait ce jour-là.

Pâle, des yeux...

— Des jambes...

— Je ne l'ai su qu'après... J'ai été étonnée qu'il ne me saluât pas tout de suite.

— C'est que... je vais vous dire. Renaud l'a mis à la porte pour une petite histoire... oh ! rien de grave... un petit commerce de billets de théâtre. Il tapait les directeurs au nom de Renaud et vendait ensuite les billets. Oh ! ça se fait couramment, mais Renaud n'aimait pas beaucoup ça...

Je tâche d'innocenter le seigneur Vendramin, j'ai l'air d'excuser Renaud... Vaine délicatesse, car Annie continue, point gênée :

— Oui, je me suis doutée... D'ailleurs, ça m'était bien égal... Le soir même, je montais avec lui dans sa chambre.

— Eh bien ! vrai !

Malgré moi j'ai lâché les petites mains chaudes de mon amie... Je les ressaisis tout de suite, craignant de l'avoir blessée... Mais elle me les abandonne, toutes mortes et douces, et penche la tête sur ses souvenirs :

— Un mois après, il me gardait encore, Claudine ! Il n'acceptait pas d'argent de moi...

— Tiens !

— Mais je payais tout.

— Bon !

— Pauvre petit, il cherchait des engagements partout et n'en trouvait pas. La nuit, il n'y pensait plus. Il ne pensait qu'à moi, et moi à lui.

Je ris un peu forcé :

— Ah ! ah ! le seigneur Vendramin se révélait herculéen ?

— Oh ! mon Dieu, non, concède-t-elle avec une moue distinguée. Mais autre chose... un vice jeune et fiévreux de petit citadin, des habitudes collégiennes d'exhiber toutes ses manifestations... physiques, de les provoquer lui-même, au besoin... Il avait lu de vilains livres et se les remémorait à tout propos, avec une fidélité peut-être inutile dans le détail...

Et vous ?

— Moi... (elle lève une main mal assurée et comme ivre), moi, je suivais ses réminiscences et ses innovations... et je payais. Mais je crois bien que je demeure sa débitrice.

(Évidemment, Annie en a eu pour son argent.)

— Mais, le théâtre ?

— Ah ! oui... Eh bien, voilà. Un soir, il est venu à l'hôtel très tard, agité, important. Il s'est promené de long en large une bonne minute, avant de m'apprendre qu'il avait un engagement aux Pâturins, dans une pantomime. J'ai senti venir la fin de notre liaison... D'autant plus que les répétitions ont commencé tout de suite, qu'il me parlait avec enthousiasme d'une Anglaise aux longs cheveux roux, une jeune fille du monde qui avait plaqué sa famille : « Elle est épatante, répétait-il, elle a une ligne ! et puis le sens du mouvement, elle a le rythme, elle a la noblesse du geste... » Que n'avait-elle pas, à l'entendre, cette Yvée Lester ? Je comptais les jours, ma Claudine, j'attendais la première, la fin de ces répétitions, qui m'enlevaient Auguste toute la journée... Il rentrait fatigué, distrait, il... m'aimait banalement, rapidement, sans fantaisie...

« Deux jours avant cette première que je désirais tant, Auguste grimpe chez moi, affolé : « Ton chapeau, me dit-il, je t'emmène. — Où ? — Aux Pâturins. » Et pendant la route, il me raconte une histoire extravagante : la jeune fille aux cheveux roux réquisitionnée par sa famille, partie sans un mot d'excuse, les auteurs et le directeur affolés... Et, comme je ne comprenais pas, il ajoute : « Tu prends le rôle, on te colle une perruque rousse, je te serine la chose pendant quarante-huit heures, et on sauve la recette ! Tu comprends ? On garde la jeune fille du monde sur l'affiche et on fait recette tout de même. » Ah ! Claudine ! Je me suis sentie devenir folle !

— Pourquoi n'avez-vous pas dit non ?

Elle me dévisage, stupéfaite :

— Mais il voulait, Claudine ! Il voulait ! Et puis, je ne sais pas... une fois là-bas... tout le monde autour de moi, à me féliciter sans que j'eusse encore rien fait, à m'encourager, à me pousser ici, me tirer là, cette petite salle noire, où trois ampoules de la rampe m'hypnotisaient de leur éclat pointu... et puis lui, Auguste, tout de suite en train de me poser en scène, de me chanter les mesures de mon entrée... Je me suis sentie vidée, arrachée de moi, accaparée par des gens qui se disputaient ma pauvre personnalité... Quel fardeau de s'appartenir si peu !

Cette première répétition, grand Dieu ! Je n'avais consenti à rien, que déjà chacun me traitait en meuble animé. L'auteur me criait : « Enlevez votre chapeau, *Mademoiselle* ! il faut qu'on voie les jeux de la physionomie ! » — « Relève ta jupe, criait Auguste. Il faut qu'on voie le mouvement de la jambe !... »

Et puis Willette Collie, qui jouait le Faune, s'est écriée à mon arrivée : « C'est ça la jeune fille rousse ? Mince de bâton de zan ! » Elle cabriolait sur scène en maillot de bain, comme un démon, et dansait en aveugle, ses cheveux courts dégringolés sur son nez. Elle aussi s'empara de moi comme d'une bête morte, comme d'une guirlande rompue... Ah ! je n'eus pas de peine à jouer mon rôle, dès la première répétition ! Willette Collie, qui devait m'emporter à la fin de la pantomime, me jetait à terre d'une poigne si rude, me traînait avec un triomphe si convaincu et me suffoquait d'un baiser si bien imité que l'on fit un succès à ma faiblesse près des larmes, à ma supplication involontaire...

« Mon petit ami exultait. Il en oublia de me réconforter, d'ajouter un mot affectueux à toutes les louanges dont on m'étourdissait. Il fumait, la tête de côté, un œil fermé, avec une gentille grimace pour éviter la fumée piquante, sans retirer la cigarette des lèvres...

« Pendant deux jours, je ne sortis pas de cette géhenne. Que restait-il de moi ?... en quoi sont bâtis tous ces gens-là, capables de mimer, de parler, de crier, de se jeter à la tête des mots ignobles...

— Oui, et la minute d'après, des compliments démesurés... Je sais, j'ai vu des répétitions... Ils se dépensent follement, recommencent quinze fois le même geste qui peu à peu s'épure, se précise, s'élance lumineux et parfait... Je connais ce mélange d'activité hystérique, de flemme traînarde et bougonne, de vanité obtuse, imbécile, de noble opiniâtreté... Ils rient d'un calembour idiot, pleurent pour une perruque ratée, dînent quand ils y peuvent et dorment quelquefois... Ils sont rossards, sensibles, rageurs, gonflés d'eux-mêmes, puis dévoués tout à coup...

— Oh ! oui, c'est cela ! Vous donnez d'eux un raccourci caricatural, mais ressemblant, Claudine...

Elle se tait, ramène sous elle ses pieds frileux et demeure dans une immobilité fataliste de bohémienne, les yeux baissés, sa natte sur l'épaule... Vite, je tire à moi le fil détendu de la belle histoire — Et après, Annie ? le jour de la première ?

— Le jour de la première ?...

Elle cherche, appliquée, les sourcils en arc :

— Eh bien, c'était comme les deux premiers jours.

— Mais le public ? le trac ? le succès ?

— Je n'ai pas vu le public, dit-elle simplement. On faisait la nuit dans la salle. La lumière de la rampe me serrait le front. J'ai entendu, senti une chaude haleine, un remuement de bêtes invisibles, au fond de ce noir béant... Ma tête craquait de fatigue, et le maquillage, un maquillage anglais, rose bonbon, blanc et bleu pervenche, me tirait la peau des joues... Et la perruque, Claudine ! Sur mes cheveux déjà lourds, imaginez un fardeau de cheveux roux ondulés, bouclés, une crinière crêpée de Salomé rousse... Il fallait bien que je ressemblasse à la jeune fille anglaise réclamée par son lord de père... Mes camarades ont crié d'admiration en me voyant — mais ces excités crient pour si peu de chose, vous savez... Une tunique en crêpe de Chine blanc, des cothurnes, un panier de roses sur mes bras qui tremblaient, c'est tout...

— Et alors, Annie ?

— Alors, il est arrivé que j'ai eu beaucoup de succès. Mais oui.

« Vingt et une fois j'ai accompli somnambuliquement mon nouveau métier, côte à côte avec Auguste, qui jouait un jeune Athénien. C'est lui, Claudine, qu'il eût fallu voir ! Lui et sa tunique lie-de-vin, ses petits genoux nerveux, ses chevilles de femme et cette attache du cou qu'il avait, un cou puissant sur des épaules fines !... Nous arrivions au théâtre, j'enduisais mon visage et mes bras, je revêtais mon casque à migraine et... ça marchait très bien jusqu'à ma grande scène avec le Faune, Willette Collie. Cette toquée s'ingéniait à varier notre duo tous les soirs, et j'en tremblais d'avance. Un jour, elle m'empoigna par les reins, comme un paquet, et m'emporta sous son bras, ma tunique et mes cheveux roux traînant en queue triomphale... Une autre fois, pendant notre baiser — le fameux « baiser » qui fit scandale et qu'elle me donnait avec une fougue indifférente, — elle insinua sa main sous mon bras et me chatouilla irrésistiblement. Ma bouche bâillonnée, par la sienne, laissa échapper un petit cri râlé... je ne vous dis que ça ! un peu plus, on devait baisser le rideau... J'ai pleuré ce soir-là.

— Pleuré, pourquoi ?

— Parce qu'Auguste, qui me guettait de la coulisse, me fit une de ces scènes !...

— Jaloux, hein ?...

— Jaloux ?... Oh ! non ! Simplement, il n'aimait pas « Ces

blagues-là ». Pour montrer aux autres qu'il savait parler à sa femme, il me promit sans ambages une *tourlousine soignée*... Vous savez ce que c'est ?

— Je me doute.

— Seulement, voilà. — Willette Collie (elle était en train de rajuster ses cornes derrière le portant), qui saute sur lui comme une panthère et l'appelle « sacré petit mac ».

— C'est un rien.

— Il lui répond que toutes ces gousses commencent à lui trotter...

— Ah ! que j'ai du goût ! Et après ?

— Après, Willette Collie veut lui griffer les yeux, et elle lui envoie, en plus, sa tête dans l'estomac... Vous pensez, avec ses cornes pointues !...

— Le sang a coulé ?

— Non, Claudine, grâce à l'intervention du gros Maugis qui se trouvait là...

— Comme par hasard.

— ... et qui les a séparés, les bras étendus, dans la pose de la bonne femme au premier plan dans *L'Enlèvement des Sabines*, en lâchant des calembours conciliateurs...

— Quel type, ce Maugis ! ... À propos, Annie, est-ce que les journaux s'occupaient de vous ?

— Les journaux, Claudine ? Ils racontaient mon enfance dans un cottage aristocratique, ma vocation irrésistible, ma fugue vers Paris, le désespoir de ma famille, tout en me gardant un anonymat alléchant...

Annie lève vers le plafond ses deux petites mains brunes et retombe dans un silence fatigué... Elle passe sur sa bouche plaintive, aux coins inclinés, une langue qui a soif. Encore une fois je me demande si elle rêve éveillée ou si elle ment... Non, elle ne ment pas. Elle a subi tout ce qu'elle me raconte. Sa mémoire est une route accidentée, une pente raide avec de vertigineux ressauts de montagnes russes, jalonnée de petits mâles nus, jeunes, obscènes, de toutes les couleurs... Elle a accompli, j'en suis sûre, tout ce qu'elle me raconte, et tout ce qu'elle tait ; et rien n'est, à bien réfléchir, plus simple et plus banal que sa vie, vie d'une petite bête qui se découvre un sexe et en use avec ravissement...

Annie se tait. Je la réveille.

— Et puis, Annie ?

— Toujours « et puis » ! Comme vous êtes curieuse, Claudine ! Et puis... la fin des représentations arriva, avec celle de ma pauvre petite passion...

— Il vous a plaquée ?

— C'est le mot, Claudine. Sarah l'emmenait en tournée pour jouer les pages à maillot.

— Vous l'avez regretté ?

— Pas trop. Il me battait à la fin.

— Oh !...

Annie tourne les épaules comme au souvenir d'une bourrade.

— Quand je dis il me battait », le mot est peut-être un peu gros... Il était si collégien, vous savez. D'abord un coup de poing pour rire, au défaut de l'épaule, et puis une manie de mélanger aux caresses des pinçons, des fessées, des niches méchantes. Non, je n'ai pas eu de chagrin. Tout ça, au fond...

Elle se laisse glisser au bas du lit, montrant sur le satin jaune de l'édredon un peu de ses jambes safranées, et je comprends qu'elle marque la fin de notre conversation... Je reprends ma petite lampe.

— Tout ça, au fond, Annie ?

Elle hésite, sourit avec un embarras de jouvencelle et achève :

— Tout ça, Claudine, ne vaut pas, je crois, qu'on le traite autrement que je fais. Vous autres, vous dites : L'Amour, ah !... » et vous ajoutez beaucoup de belles phrases autour. Moi, c'est mon corps qui pense. Il est plus intelligent que mon cerveau. Il ressent plus finement, plus complètement que mon cerveau. Quand mon corps pense, c'est-à-dire, quand je... quand il...

— Je vois, je vois !...

— Eh bien ! alors tout le reste se tait. À ces moments-là, toute ma peau a une âme.

Je la laisse debout, mains jointes et pendantes, ses yeux limpides ouverts sur quelles visions de nudités pures ?

Ô jolie petite peau qui savez si bien quitter votre âme ! Je suis seule, et je nous compare l'une à l'autre. Je n'ai jamais étudié une femme autant que vous, parce que je méprise instinctivement mes sœurs vos pareilles, et que je ne me connais point d'amies. Rézi ?... Mais Rézi, je ne l'étudiais pas, je la regardais et je la désirais... Croyez d'ailleurs qu'elle ne mérita jamais mieux, ni davantage... Elle aussi parlait de la volupté avec familiarité et abondance, elle la recherchait, la faisait naître, ou bien l'écartait sans ménagement, la « remettait » comme une friandise qui sera encore mangeable le lendemain... Je l'en admirais avec un peu de dégoût. Comment me serais-je fait comprendre d'elle et comment me ferais-je comprendre d'Annie ? Moi, je ne cherche pas la volupté, c'est elle qui me cherche, me trouve, m'assaille et me terrasse d'une main, d'une bouche si rudes que j'en tremble après... Ou bien elle rôde lentement autour de moi, me fatigue d'une approche invisible, contre laquelle lutte en moi un sourd orgueil... C'est en ce trouble instant que s'interpose entre moi et Renaud un savoureux antagonisme, qui n'est plus notre fidèle amour, qui n'est ni tendre, ni miséricordieux, qui serre les dents et défie, qui gronde : « Je t'aurai avant que tu m aies... »

Et mon sang bat tout chaud dans mes veines parce que j'entends, à travers l'air noir de la nuit et les lieues de neige, la voix de celui qui seul a le droit de me dire :

« Je te tuerai, si un autre homme que moi voit tes yeux, tes yeux qui sont chargés de rancune au moment où ils me doivent le plus de reconnaissance !... »

Car, quel orgueil, lorsque j'y songe ! Celui que tant de lieues séparent de moi, celui que le froid emprisonne là-haut, tout en haut d'une montagne inconnue, je l'ai changé, ce léger Renaud, mon jeune mari aux cheveux d'argent. À peine m'avoué-je que j'y ai mis le temps. Nous n'en sommes pas encore à la ressemblance physique qui fait de deux vieux époux un couple fraternel, quoique j'aie pris à Renaud quelques gestes familiers et féminins, le petit doigt en l'air, et qu'en retour il imite ma manière têtue et taurine de bouder et de me buter, le front en avant, avec des hochements de nuque... Je me complais seulement à l'infiltration profonde, définitive, dont je l'ai enclaudiné. Quoi qu'il fasse désormais, et que je vive ou non, j'habite en lui. Il est venu à moi sûrement, lentement, non sans défenses et sans reprises, — il est venu tout à moi.

Je l'ai rendu moins gai, plus tendre, plus silencieux. Moins affamé de mouvement, il savoure à la Claudine, avec une paresse de romani, la grâce de la minute présente et méprise ce qui est meilleur, mais hors d'atteinte. Il sourit plus rarement, d'un sourire qui demeure et tarde à s'effacer. Côte à côte, sans parler, nous savons regarder devant nous, délivrés de l'impatience et de la curiosité, emplis de cette mélancolie un peu craintive que j'appelle : « le frôlement du bonheur ».

Fatigué des femmes — non de la sienne — Renaud a quitté cette fièvre collectionneuse, cette anxiété de philatéliste qui le jetait au-devant d'une femme nouvelle : « Ah ! un exemplaire qui me manquait !... » Il aime plus finement, et de plus loin. Il redoute le don encombrant, la complication banale des adultères permis, le bavardage où déchoit mainte jolie créature... « Ô ma muette chérie !... » Me dît-il... Et je sais qu'alors il se souvient d'une voix intarissable dont il eût voulu, d'une poignée de sable, murer la source rose.

Il ment moins et s'irrite davantage. Sa colère s'assouvit sur un bibelot, sur un meuble léger, — geste dont il s'excuse après, d'un regard... Mais je souris au fond de moi, et je me dis : « C'est moi, cela, c'est moi ! »

Enfin, conquête suprême ! je l'ai conduit à aimer l'amour comme je l'aime. Je l'ai rendu chaste. Oui, chaste, et pourquoi non ? Il ne mêle plus, à ce qu'il nommait nos « jeux », ce libertinage qui s'aide d'une combinaison de miroirs, d'un livre... belge, de mots faits pour le chuchotement et qu'on se force à crier à haute voix, tout crus...

Il n'a plus besoin de ce banal appareil il n'a plus besoin que de moi... et de lui. « Ô ma muette chérie ! » répète-t-il encore. Muette, certes, muette, sauf le soupir tremblé, sauf le cri involontaire, sauf le regard, sauf le geste plus parlant qu'un visage... Ah ! qu'il revienne, celui que j'ai modelé à ma ressemblance, qu'il revienne et trouve en face de lui celle qui cesse de sourire, celle qui détourne ses yeux attentifs et confus, dans le moment où elle abandonne tout d'elle-même !...

« Ma pauvre Annie... » Heureusement, elle n'est ni mienne, ni pauvre, et ce n'est pas ma pitié qui s'exhale ainsi, mais mon remords, un vague et mesquin petit remords de rien du tout... Je la tyrannise ou l'oublie avec une méchanceté de sauvage, un sans-gêne de Huron, jusqu'à ce que je sente, derrière ses paupières brunes et allongées comme des coques d'aveline, les larmes prêtes à jaillir... Elle ne me reconnaît pas, ni moi. Où sont nos journées oisives de l'automne finissant, et les siestes sans paroles, contre le mur tiède, assises à même la terre friable, la terre que protège l'auvent de tuiles de l'espalier et qui s'effrite, poudreuse et blanche, presque jamais mouillée ! Une abeille que sa mémoire égarait, cherchait au-dessus de nous, têtue, les fleurs absentes de l'abricotier... Décoiffée, sa queue d'étalon mal ficelée lui battant la nuque, Annie attendait, les yeux clos, que mon bon plaisir fût de parler...

L'ombre d'un homme a changé tout cela. Ma basse petite femelle d'Annie, ingénu chausson à figure de vierge, se range tout du côté de la culotte. Culotte fallacieuse, trompeux écrin, Annie ! Espérez-vous changer la face, si j'ose dire, des choses ? Je connais en bas de la côte un petit vigneron taché de rousseur qui ferait bien mieux votre affaire — à moins que vous n'ayez flairé de près Francis le jardinier, sa moustache couleur blé, ses bras qui sentent le copeau neuf et l'étable ?...

En somme, mon beau-fils a tout gâté ici, depuis qu'il y traîne son oisiveté de prisonnier, son pas mou et léger, son regard désert de tante Anne, — je veux dire de sœur Anne, qui ne voit rien venir.

Non, il ne voit rien venir, le petit misérable ! — et il filerait joyeux par le premier train... Mais je ne veux pas lui donner d'argent, je ne dois pas. Et puis je ne peux pas. Il s'agit d'une somme assez ronde, et il faudrait prévenir mon mari, le fatiguer d'explications...

« Nous sommes sous la neige, m'écrit Renaud, nous avons cessé d'habiter le monde des vivants. Ô ma chérie, ma lampe fidèle, il faut que ma foi soit grande, pour que j'aperçoive encore, à travers les murs tourbillonnants de cette tombe, la flamme inquiète de tes yeux couleur aventurine... Je vais revenir, la neige ne peut plus rien pour moi. Je vais revenir, tel que je suis, tel que je me vois à présent, tel qu'il faut que je m'avoue un vieillard... L'idée que je vais te revoir me désespère, malgré que j'en vive. Je sais que ton premier regard me jugera, que, d'un coup d'œil, tu mesureras ma ruine, je sais aussi que rien n'en paraîtra sur ton radieux petit visage, car tes mensonges sont sans défaut. Par grâce, Claudine, ne me mens pas, ou je m'enterre ici. Crie, exclame-toi, lève les mains à ma vue. « Oh ! mon chéri, comme tu es fatigué ! comme tu es vieux ! comme tes cheveux sont blancs ! N'as-tu pas rapetissé ?... » Jette hors de toi tout ce qu'y cacherait ta pitié, ta pitié dont je ne veux pas ! Sois honnête sans précaution, accable-moi, dès la première étreinte de tes jeunes bras autour de mon cou de vieille poule. Compte mes rides nouvelles, souris à mes anciennes, passe un doigt pointu et dénonciateur sur mes paupières froissées, endors-toi toute froide, bourrée de déception et de rancune, endors-toi triste et le cœur gros, désenchantée de ton vieil époux... Et peut-être que, le lendemain, tu trouveras le pauvre homme un peu moins dévasté, en le comparant avec ton souvenir de la veille »...

Je hausse les épaules en lisant sa lettre. Je ris avec des secousses de rire qui font trembler mes larmes et danser des rayons entre sa lettre et moi. Qu'il est bête de couvrir quatre pages d'un griffonnage inutile, quand trois mots suffisaient à remplir sa lettre : « Je vais revenir. »

Il va revenir. Deux choses importent jusque-là : la robe que je mettrai le jour de son retour et le menu du dîner de ce même jour. Car il reviendra le soir, naturellement. Vers l'heure où le soleil se couche en cette saison, quatre heures et demie, cinq heures. Il fera un crépuscule bleu, une fin de jour tiède, fumeuse, ou une gelée sonore, avec deux ou trois étoiles déjà au-dessus du couchant... Le train qui glisse, la fumée à goût d'iodoforme, la portière, le plaid, le grand manteau, la moustache claire... Et puis... je ne sais plus... pourvu qu'il ne fasse pas trop froid et que je n'aie pas le nez rouge...

— Bonnes nouvelles, Claudine ?
— Bonnes nouvelles, Annie.

Et je baisse mes paupières d'un air maladroitement mystérieux en caressant Péronnelle engourdie sur mes genoux. Je ne dirai rien ce soir à Annie. Ni à Marcel. Je replie l'enveloppe sur mon secret, je l'empoche comme un gâteau que je mangerai seule dans ma chambre, la nuit... Personne ne se doute que Renaud va revenir. Marcel somnole au bord du divan, comme Narcisse au-dessus de la source. Annie brode, et Dieu sait quel souvenir juvénile, rose et bien en muscle, s'insinue entre elle et son canevas... Péronnelle continue à dormir sur le dos, la gorge tendue à tous les supplices. Elle a un ventre fauve rosé, couleur de tourterelle, boutonné du haut en bas par quatre rangées de taches noires veloutées. La régularité de ses rayures lui garde, à travers les pires désordres, un air distingué et correct de personne habillée chez le bon faiseur. Dans un sommeil sans défiance, elle montre son menton naïf, l'ourlet vernissé de sa bouche en arc et les quatre semelles cornées de ses pattes bohémiennes... Elle non plus ne sait pas que Renaud va revenir...

Seul, un petit être noir, camus et silencieux, a levé vers moi son museau difforme de monstre sympathique. Toby-Chien, éveillé de son somme léger, me contemple comme Mathô contemplait Salammbô. Il ne comprend pas tout à fait. Il pressent, il devine à demi, il s'angoisse, il s'efforce vers moi... Alors je me penche pour le rejoindre et, d'une caresse sur sa tête bosselée, je lui dis que c'est bien, qu'il a assez compris, qu'il n'y a rien de plus à comprendre...

La douce soirée ! Me voici redevenue telle que je n'aurais jamais dû cesser d'être, indulgente, amollie, optimiste. Je tourne vers « ma pauvre Annie » un regard qui s'excuse de ma sécheresse habituelle, de mon rogue silence d'hier soir, mais elle brode, tête penchée, et mon regard mouillé échoue sur sa queue d'étalon nouée d'un velours noir... Ma bienveillance épandue goûte la grâce abandonnée de Marcel, qui dort comme au théâtre, un bras pendant. Hors du brasier crépitant s'élance une flèche de gaz bleu qui siffle, annonçant « nouvelles !... » et tout le salon somnolent s'éveille...

— Vous faites de la pyrogravure, Annie ? j'entends le bruit du thermo-cautère... bâille Marcel.

Annie, l'aiguille en l'air, demeure un instant bouche bée, et, sur toute sa longue figure délicate, se peint, si lisible, la pudeur d'une femme surprise en plein plaisir que j'hésite une seconde entre l'envie de savoir ce qu'elle rêvait ou celle d'en rire...

— Annie ! À quoi pensiez-vous ? vite, vite, ne cherchez pas ! dites la vérité !

— Mais je ne sais plus... des choses vagues... je m'endormais, comme Marcel... Qu'est-ce qui vous prend, Claudine ?

Je bondis sur mes pieds, au grand déplaisir de Péronnelle.

— Rien ! c'est l'effet de la gelée. Il fait rudement chaud, ici. Si on ouvrait un peu ?

Mes deux compagnons échangent un coup d'œil de scandale.

— Ouvrir ! crie Marcel. Elle est folle !... C'est la mort ! Il y a quatre degrés au-dessous !

Quatre degrés au-dessous ! Comme c'est drôle... Drôle et un peu choquant. Certes, une nuit moite et bruissante, une nuit accablée de jasmins et d'étoiles m'eût complétée, prolongée, moi qui, ce soir, déborde d'un tel bonheur égoïste, moi qui me sens brusquement fleurir et embaumer comme un gardénia qui se trompe de saison... Il gèle... Tant pis.

— Laissez cette porte, Claudine ! implore Marcel. Venez ici, j'ai un « point noir » à la tempe et, depuis deux jours, le cœur me manque pour le pincer...

— Il ne faut pas le pincer, s'empresse Annie, il faut prendre une aiguille très fine et...

Un cri de souris l'interrompt.

— Une aiguille ! pourquoi pas un bistouri ? quelle horreur, Annie ! J'aime mieux m'abandonner à Claudine. Elle serre mes points noirs avec une énergie qui confine au sadisme, et chaque fois je me sens entre ses mains m'évanouir, avec l'impression qu'elle m'a rompu toutes les veines.

Marcel s'est installé sur un repose-pieds en forme de balancelle, petit meuble démodé, prétentieux, encombrant. Il renverse sous la lampe sa blanche figure aux yeux clos, un peu évanouie déjà, et Annie, fascinée, n'ose détourner son regard du supplice qui s'apprête...

Bourreau bon enfant, j'éprouve l'un contre l'autre les ongles de mes pouces.

— Avez-vous un mouchoir, Annie ?

— Oui, pourquoi ?

— Pour le sang ! Je n'ai pas envie de tacher ma belle chemisette à vingt-neuf francs... Où est-il cet ulcère à tête noire ? Bon, je le vois. Mon pauvre enfant, vous m'appelez bien tard... Le mal a fait des progrès dévorants...

Entre mes mains, les joues de Marcel frémissent d'un rire contenu, d'une savoureuse angoisse. Cette délicate figure aux yeux clos, transparente sous la lampe et que mes mains portent comme un fruit... quelle autre tête ai-je donc portée ainsi précieusement, aussi jeune, aussi veloutée, mystérieuse et les yeux clos ? Rézi... La comparaison est singulière, — et inattendue...

Annie se penche sur cette gracieuse face fermée, comme sur un miroir.

— Ne lui faites pas mal exprès, Claudine murmure-t-elle, craintive.

— N'ayez pas peur, petite sotte. Il est trop beau pour que je l'abîme, hein ?

— Oh ! oui, avoue-t-elle, tout bas, presque respectueusement. C'est drôle, il est encore plus joli les yeux fermés... Cela arrive chez les très jeunes hommes... Les autres ont l'air soucieux quand ils dorment... on se sent si loin d'eux...

Marcel s'abandonne à mes mains, à nos yeux. Il goûte à la fois notre admiration, la caresse de mes mains chaudes et sa puérile terreur du pinçon bien serré sur sa tempe, tout à l'heure... Il ne bouge pas et respire faiblement, vite, avec un imperceptible battement de ses narines étroites. L'ombre de ses cils grésille sur sa joue comme l'ombre d'une aile de guêpe... Annie se repaît de le contempler, elle ne l'a jamais eu aussi proche, si abandonné, si offert, ce Marcel intangible... Elle le compare avec ses souvenirs les plus beaux, et secoue muettement la tête... Le désir d'un baiser est si vif sur son visage que malgré moi je cherche, sur celui de Marcel, le reflet d'un souhait si intense...

Bouche qui sourit d'être désirée, joues veloutées d'argent impalpable, jeunes cheveux dont la mèche décoiffée couvre le front d'un demi-éventail soyeux, yeux dont je sais le bleu et qui se cachent sous des paupières plus belles qu'un regard, — voilà donc, entre mes mains et telle qu'une coupe pleine, cette chair fraîche dont Annie conjure qu'un Dieu me garde ? Voilà ce fruit ignoré dont ils disent que la saveur passe toutes les autres... Voilà ce qui perdit Annie, — et mille et mille femmes. Voilà ce qui ruine et damne tant de vieilles bacchantes qui veulent bien renoncer à tout, mais pas à cela ! La « chair fraîche » ! Ces deux mots bruissent à mon oreille, avec un froissement de grasse fleur écrasée. Voilà ce que je tiens dans mes deux mains, sur quoi je me penche avec une curiosité calme et raisonneuse... Voilà ce qui court les chemins, ce qui se donne et se vend, ce qui est à tout le monde... excepté à moi.

Un peu plus de curiosité, un peu moins d'amour en moi — et tu deviens la proie, Claudine, de cette dévorante chair fraîche qui tourmente à jamais ma pauvre Annie ! Tu donneras à ton mal délirant des noms passagers : Marcel, Paul, Chose, Machin, le petit chauffeur, le groom du palace, le collégien de Stanislas... Tu peux mépriser, toi qui n'as pas encore soif, l'intempérance d'Annie... mais ne trempe pas, en riant, tes lèvres dans son verre !

— Aïe ! Oh ! là, là... jamais vous ne m'avez fait si mal ! Je saigne, hein ?

— Oui, mais c'est parti.

— Sûr ? la racine aussi ?

Marcel, réveillé, tamponne sa tempe et tandis qu'il accepte des mains d'Annie une petite glace « pour voir le trou », je le regarde avec une sagacité rêveuse, un peu méchante, en lui jetant dans un soupir allégé :

— Oui, tout est parti.

Deux heures. L'heure du café, des journaux illustrés, de la cigarette blonde à l'âme bleue... On se sent indulgent et mou. Nous avons, en quittant la salle à manger, entrouvert la porte-fenêtre, le temps de frissonner, de dire « Le brouillard se lève — il gèlera encore ce soir », le temps de regarder, à grandes ailes bleues et froides, courir l'ombre rapide des nuages, le temps de blâmer envieusement Péronnelle qui, assise sur le perron glacé, contemple sereinement ce paysage, comme en été, sans que le froid crispe la peau impressionnable de son dos... À la voir, on se croirait au mois d'août... Nous revenons vers le feu, vers la table où les magazines du samedi, tout frais éclos de leurs tubes de carton, frisent comme des copeaux. Leurs pages grasses sont noires de photographies entre lesquelles serpente, étranglé, haché — deux lignes ici, trois lignes là, et plus loin quatre demi-lignes qui tâchent, hiéroglyphiques, de rejoindre leur moitié complémentaire par-dessus le portrait de Mme Delarue-Mardrus — un texte qui mérite d'être traité avec plus d'égards. Une salade amusante de ténors, de chiens, de nageurs, de duchesses-poètes et de chauffeurs titrés distrait mes yeux, et je me fatigue à penser que, si loin, tant de gens s'occupent à tant de choses éreintantes...

— Est-ce que ça vous intéresse beaucoup, Annie, d'apprendre que la tortue de la comtesse Machin vient d'arriver troisième dans un gymkana ?... Ça vous enfièvre d'apprendre que la reprise de *Tannhäuser*, avec Rusinol, a été (à nous l'adjectif rare !) « brillante » ?

— Rusinol ? Montrez...

Annie vient, moins lente qu'à l'ordinaire, se pencher sur mon épaule et rêve un long moment, ses yeux clairs fixés sur le portrait du ténor au jabot de bouvreuil. Je vois battre doucement, élancés hors de son court profil, ses cils qui sont peut-être sa plus grande beauté, si longs, si foncés, avec une extrémité effilée et un peu roussie... Elle leur doit presque tout le charme de son visage, et leur battement d'éventail la pare de cette expression de fausse pudeur, de coupable émoi, qui donne envie de la troubler davantage...

— Rusinol... murmure-t-elle enfin. Comme il a changé !

— Vous le connaissez ?

Elle hoche la tête, et son catogan, noué en queue de percheron, va d'une épaule à l'autre :

— Pas beaucoup ! J'ai un peu... comment dites-vous... j'ai un peu... été avec lui, l'année de son premier prix.

— Vous avez... couché ensemble ?

— Couché... c'est beaucoup trop dire. Il n'avait même pas de chaise longue chez lui : rien qu'une table, des chaises et un fauteuil Voltaire.

— Et pas de lit ?

— Oh ! le lit ! Tout valait mieux que le lit, Claudine ! C'est encore le fauteuil Voltaire qui semblait le plus confortable... Alors, je trouve qu'il serait plus juste de dire que Rusinol et moi nous... nous sommes assis ensemble...

Elle sourit avec une gentillesse naturelle. Elle a l'air de raconter sa première robe de bal, et c'est moi qui, un peu gênée, feuillette, par contenance, un Femina qui sent la colle...

— Petit roman libertin, va ! Ça vous amusait, ces acrobaties ?

Elle hésite :

— Ça m'amuse... à présent ! Je me trouve bête, je ris de moi. Mais à cette époque-là... non, Claudine, ce n'est pas un bon souvenir. Je veux bien vous le raconter parce que je vous raconte tout...

— Oh ! Tout...

— Mais oui ! proteste Annie. Comprenez-moi ! Quand je commence une histoire de...

— ... de voyage...

— Merci... je vous la dis tout entière, sans chercher à m'excuser, à déguiser en Prince Charmant mon caprice... Dire les choses comme elles sont, sans intention de se vanter, ni de tromper, cela ne s'appelle pas « tout dire » ?

Elle rit, en montrant ses petites dents, d'un émail bleuté et dur entre ses lèvres d'une pourpre un peu violette comme l'intérieur d'une cerise mordue... Il est rare qu'Annie rie franchement, et, chaque fois, son rire inquiète, qui découvre des dents coupantes, des muqueuses vigoureuses et mouillées, dans ce petit visage anémique... Quand je la vois rire comme elle rit en ce moment, je me dis : « Imbécile que nous sommes tous ! Son mari, et sa belle-sœur Marthe, et moi, aucun de nous n'avait deviné en Annie l'animal exigeant et sevré, la bête robuste, gourmande de chair fraîche, qui tôt ou tard s'évaderait... » Je soupire, résignée à me laisser, comme dit Maugis, « charrier » une fois de plus.

— Allons, Annie, dites-moi... tout.

— Tout... ce sera vite conté, Claudine. Vous le voyez comme il est à présent, ce Rusinol, avec son petit ventre en avant et le menton qui se double déjà, et ce nez busqué d'empereur romain... Elle me dégoûte, cette photographie ! A-t-il l'air bête en Roméo ! Et cette main sur la garde de l'épée ! et ces bagues ! Je ne lui donne pas un an pour devenir complètement ridicule... Oh ! je sais bien — se reprend-elle, un peu confuse de sa rosserie — je sais bien que les yeux sont restés très beaux, même en faisant la part du maquillage et des retouches... Mais vous ne pouvez pas d'après ceci, Claudine, vous faire une idée de Rusinol — on l'appelait tout bonnement Louis Rusinol — l'année de son premier prix, il y a quatre ans... non, trois... non, je dis bien quatre... et puis, ça n'a pas d'importance. Un petit tison méridional tout sec, tout noir, d'une vivacité de pelotari, une figure dure, couleur d'olive, où on ne voyait d'abord qu'un nez rageur qui palpitait et une paire d'yeux à tout brûler... Il prédisait à qui voulait l'entendre qu'il « mangerait le monde », qu'il mettrait dans sa poche tous les ténors de France et d'Italie, et cette sale race pâteuse des ténors allemands... On ne voyait que lui, on n'entendait que lui, il se dépensait de toutes les manières... Dans la rue, dans les cours, partout, il jetait en l'air des *ut* brillants que les murs renvoyaient comme des balles de cuivre... Et coureur, et méchant, et orgueilleux, et les narines blanches dès qu'on vantait un artiste devant lui !... On pouvait le trouver insupportable, mais on ne l'oubliait pas. Je l'avais connu par Auguste...

— Auguste... lequel est-ce déjà ?

— Celui de la pantomime... celui que vous appeliez le seigneur Vendramin...

— Ah ! j'y suis... merci. Continuez !

— Ils étaient camarades de Conservatoire, Rusinol et lui ; Auguste, Rusinol et moi, nous avons déjeuné quelquefois ensemble chez Drouant... Rusinol m'amusait, m'essoufflait : je le regardais parler, chanter et remuer avec cet éblouissement, ce mal de tête qu'on gagne à regarder jongler avec des couteaux... Aussi, quand le seigneur Vendramin partit pour l'Amérique avec la troupe Sarah, Rusinol n'eut guère de peine à... Ça s'est fait je ne sais comment...

— En écoutant chanter le Rusinol...

— À peu près... C'est un jour qu'il m'avait trouvée toute seule chez Drouant, en train de manger des œufs aux tomates que je ne peux pas souffrir, et de pleurer vaguement dedans... Auguste était parti la veille en m'embrassant à peine. J'ai trouvé Rusinol très gentil de me consoler, de dire du mal d'Auguste, de me prendre les mains : « Nous autres artistes, ma chère, nous ne devons pas nous laisser aller aux douleurs vulgaires... On se plaque, on se reprend, tout ça, c'est de la « couillonnade ». Il n'y a que le métier avant tout, le métier qui soutient... Vous ne ferez jamais rien au théâtre avec ce tempérament de lavette ! Il vous faudrait un compagnon gai, actif, capable de vous remonter le moral, de vous galvaniser, de vous trouver au besoin un petit engagement... » Et, pendant ce temps-là, il faisait un tour très difficile avec des allumettes suédoises, ce qui ne l'empêchait pas de me regarder au fond des yeux, d'une telle manière que j'en serais tombée assise si j'avais été debout... J'avais mal à la tête, mais mal ! et puis un peu envie de pleurer, de dormir, de rire aussi, parce qu'il me prenait pour une petite grue de théâtre... Si bien qu'à la fin du déjeuner il a appelé le garçon sur un beau *si bémol* dont les vitres tremblaient et il a passé son bras sous le mien. Un quart d'heure après, ma foi...

Je sursaute, effarée :

— Comment ? un quart d'heure après !

— Il habitait rue Gaillon, explique-t-elle avec simplicité. Le temps de monter cinq étages, de jeter son chapeau sur le lit, moi dans le fauteuil...

Les pierrots dans les gouttières ne s'y prennent pas autrement... Je vous dis : un quart d'heure après j'étais sa maîtresse, et je pleurais d'énervement, de fatigue mal satisfaite et aussi parce qu'il avait été si rapide et un peu brutal... Et, comme je cherchais au moins son épaule pour m'y cacher, pour m'y reposer, et sa bouche qu'il avait, aussi, dure, agile, presque méchante... qu'est-ce que j'entends ? J'entends des accords plaqués et « A-a-a-a-a-a » en vocalises ! Rusinol était assis au piano, en caleçon, mais il avait gardé son veston et il vocalisait avec précaution, mezza voce, puis plus haut, plus haut « A-a-a-a -a-a » jusqu'à son fameux *ut*, aigu et étincelant comme une lance... Je n'en revenais pas ! Soudain il se retourne, saute sur moi, et recommence ! Et ce fut la même rapidité impérieuse du petit coq soucieux de son seul plaisir, — pour moi la même déception, hélas ! — et, tout de suite après, la même cascade de vocalises (je n'ai guère connu d'autre... chute d'eau chez lui que celle-là !) et allez donc ! on recommençait. Il passait son temps à ça. Trousser une femme, la posséder en cinq minutes et, vite, vite, courir au piano pour vérifier si ça ne lui avait pas éraillé son *ut* ! Ah ! non, vous savez ! quelle désillusion ! Ce sarment de Rusinol, ces yeux qui avaient l'air de tout brûler... Il brûlait tout seul, comme ces chènevis secs dont on se sert pour allumer le feu, ici, l'hiver... On n'avait jamais le temps de le rejoindre !

— Jamais ?
— Jamais !
— Et vous y êtes retournée, pourtant ?
— Oui, avoue-t-elle, humble et sincère. Son étreinte m'était cuisante, secouante et inutile, comme une douleur interrompue trop tôt, comme une correction qu'on ne reçoit pas tout à fait... Je pleurais presque toujours après...
— Il ne s'en inquiétait pas ?
— Lui ? non. Il poussait son bel *ut* et puis il me tapotait l'épaule, en laissant tomber sur moi un regard qui ne s'étonne jamais : « Povre petite... c'est la reconnaissance... »

Un froissement doux, un chuchotement monotone, mais expressif, presque syllabé, contre les volets clos, m'éveille progressivement... je reconnais le murmure soyeux de la neige. Déjà la neige ! elle doit tomber en flocons lourds, d'un ciel calme que le vent ne bouleverse point... Verticale et lente, elle aveugle l'aube, elle suffoque les enfants qui vont à l'école et qui la reçoivent nez levé, bouche ouverte, comme je faisais autrefois...

Et la nuit ironique m'a comblée de rêves ensoleillés, puérils, de rêves faciles et vides où il n'y avait que mon enfance, l'été, la chaleur, la soif...

Un peu de fièvre, sans doute, me retient encore parmi cet été et ce jardin qui appartiennent à mon enfance. J'ai soif. Mais je n'ai soif que de l'eau, rougie d'un vin banal et haut en couleur, que me versait Mélie dans la salle à manger fraîche, un peu moisie... « À boire, Mélie, vite ! »

Elle claquait la porte, une grille basse grinçait et par l'escalier noir montait l'odeur des pommes de terre qui germaient dans la cave, celle du vin répandu, aigri, sur le sable du cellier, parfum si humide et si glacial qu'un frisson de délices descendait entre mes épaules, moites de la course ou du jeu de billes... Oui, je n'ai soif que de vin sans bouquet, dans ce seul gobelet de la cuisine, épais aux lèvres, où ma langue habituée tâtait une bulle soufflée dans le verre grossier.

— Encore un verre, Mélie !

— Non, je te dis. T'attraperais des grenouilles dans le ventre !

Phrase rituelle, que j'entendais chaque fois avec un agacement presque voluptueux, comme tous les autres proverbes de Mélie... « Quand un chien trouve une dent de petite fille par terre et qu'il l'avale, il pousse à la petite fille une dent de chien, et au chien une dent de petite fille... » « Ne mets pas les chapeaux de tes camarades en récréation : trois sueurs de « personnes » donnent une pelade ! »

Éblouie de l'ombre brusque, je devinais sur la table le pain de quatre heures, la miche encore tiède dont je rompais la croûte embaumée pour la vider de sa mie molle et y verser la gelée de framboises... Le goûter ! mon repas préféré de gobette, en-cas varié que je pouvais emporter sur la maîtresse branche du noyer, ou dans la grange, ou à la récréation du soir, heure mouvementée où nous trouvions le moyen de manger en courant, en riant, en jouant à la marelle, sans qu'aucune de nous en meure étouffée...

Puis je retournais dans le jardin doré, bourdonnant, écœurant de glycines et de chèvrefeuilles, bois enchanté qui balançait des poires vertes, des cerises roses et blanches, des abricots de peluche et des groseilles à maquereau barbues.

Oh ! Juin de mon rêve ! Été commençant où tout se gonfle de jus acide ! Herbe écrasée qui tachait ma robe blanche et mes bas cachou, cerises que je piquais d'une épingle et dont le sang à peine rose tremblait en gouttes rondes... Groseilles vertes sous la langue, que j'écrasais d'une dent craintive, groseilles qu'on prévoit atroces et qui sont toujours pires !...

Je ne veux que l'eau rougie, bue dans l'ombre de la salle à manger de mon enfance, dans le verre épais aux lèvres...

*I*l neige. J'attends Renaud. Marcel s'ennuie. Annie brode, se souvient et espère ! Hier je les ai laissés tous les deux :

« Annie, ne faites pas d'enfant à Marcel ! »

Et en avant à travers la neige fraîche, les jambes dans des guêtres de drap !

O beau jardin immaculé ! Le bleu des sapins seul le tache, et la rouille d'un fagot de chrysanthèmes, et le jabot mauve d'un ramier qui a faim...

Jaune, grise, fauve, rayée, tachetée, les yeux en lanternes, Péronnelle, enivrée, se métamorphose en panthère pour s'engraisser des pierrots imprudents, — mais sa couleur la dénonce, encore qu'aplatie sur la neige, les oreilles nivelées, les sourcils joints et la queue vibrante... Elle n'a jamais dû regretter autant de n'être point caméléon : « Oh ! que je voudrais être blanche ! » supplient vers moi ses beaux yeux féroces... Toby-Chien, noir et ciré, suit mes talons en éternuant, et on jurerait qu'il s'applique à imprimer, entre les traces longues de mes semelles, le dessin naïf de quatre petites fleurs creuses... Tu t'accroches à moi comme une ombre trapue, petit chien divinateur, toi qui sais que je ne te quitterai pas, comme Annie, pour courir vers un petit chasseur galonné, tout vert et or, aux joues en pommes...

L'air suffoque, un air lourd de neige suspendue, sans un souffle de vent. J'appelle Toby-Chien, et ma voix sonne court, comme dans une chambre étouffée de tentures. Tout est si changé que je marche avec la certitude délicieuse de m'égarer. L'odeur de la neige, ce parfum délicat d'eau, d'éther et de poussière, engourdit toutes les autres odeurs. Le petit bull, inquiet de ne plus sentir sa route, m'interroge fréquemment. Je le rassure et nous descendons la route à peine souillée d'une double marque de roues, et d'œufs de crottin vert que cerne un vol de mésanges... « Plus loin, Toby, dans le bois ! »

— Si loin ! répondent les yeux de Toby. Tu ne crains donc pas ce royaume étrange de la forêt sous la neige, où glisse un jour d'église triste ? Et quel silence ! Dieux ! on a remué...

— Mais non, Toby, c'est une feuille jaune qui est tombée lentement, toute droite, comme une larme...

— Une feuille... c'était une feuille au moment où tu l'as regardée, mais... avant que tu la regardes, qui peut dire ce que c'était ? Elle a frôlé comme un pas, et puis comme une respiration... Viens ! J'ai peur. Je ne vois plus le ciel sur nos têtes, car les sapins se joignent par leurs cimes... Tout à l'heure, je contemplais un univers enseveli, mais sous ce manteau ondulé se modelaient des formes familières : la montagne ronde qui gonfle son dos en face de notre maison et quatre peupliers nus qui me servent de points de repère. Viens ! on a crié tout près...

— Mais, Toby-Chien, c'est ce gros geai roux qui s'en va là-bas, avec sa frange d'azur à chaque aile...

— Un geai ?... oui. À présent, c'est un geai, mais tout à l'heure, quand il a crié, qu'était-ce ? Tu ne connais qu'un aspect des choses et des êtres, celui que tu vois. Moi j'en connais deux : celui que je vois et celui que je ne vois pas, le plus terrible...

Ainsi nous dialoguons, car Toby-Chien, plein de crainte et de foi, puise dans mes yeux, inépuisablement, ce qu'il lui faut de courage pour avancer de quinze mètres, s'arrêter, me regarder et repartir encore...

Foi des bêtes en nous, foi accablante et imméritée ! Il y a des regards d'animaux devant lesquels on détourne les siens, on rougît, on veut se défendre : « Non, non ! je n'ai pas mérité cette dévotion, ce don sans regret ni réserve, je n'ai pas assez fait, je me sens indigne... »

Léger comme un elfe, un petit écureuil vole au-dessus de nous de branche en branche. Sa queue rousse s'éparpille en fumée, son ventre floconneux ondule au vent de son élan. Il est plus dodu, plus capitonné, plus riche qu'un angora et se penche pour me voir, les bras écartés, ses mains onglées cramponnées humainement. Ses beaux yeux noirs palpitent d'une effronterie craintive et je souhaite très fort le saisir, palper son corps minuscule sous la toison fondante, si douce à imaginer que j'en serre un peu les mâchoires...

Tout d'un coup, c'est presque la nuit... À cause du sol blanc, on ne prend pas garde que la nuit peut venir, et on y pense quand elle est là. À mes pieds, le petit bull tremble, pendant que, debout, les yeux fatigués, je cherche ma route au sortir du bois noir. Rien ne bouge sous le ciel fermé, et l'oiseau sombre qui me fuit semble se taire exprès... J'hésite, égarée, privée du reflet du feu qui devrait teinter l'ouest et me guider vers le gîte. Toute petite angoisse, factice, mais que je nourris, que j'exagère avec un plaisir de Robinson enfant... Vers la neige qui bleuit, le ciel s'abaisse et pèse, près de m'écraser, moi, moi pauvre bête sans coquille et sans maison... Allons, un peu plus d'imagination, un peu plus d'angoisse encore, rêveuse éveillée ! Redis-toi presque tout haut des mots qui ont, à cette heure-ci, un pouvoir mystérieux : ... « la nuit... la neige... la solitude... » Qu'une âme effarouchée et sauvage s'échappe de la tienne ! Oublie les hommes et la route, et la maison amie, oublie tout, sauf la nuit, la crainte, la faim qui te presse et diminue ton courage ; cherche d'une oreille qui tressaille et remue sous tes cheveux, d'un œil agrandi et aveugle, le pas devant qui tu fuis, la forme plus noire que la nuit et qui pourrait se dresser là, ici, devant, derrière... Fuis, heureuse de ta peur à laquelle tu ne crois pas ! Fuis pour entendre ton cœur dans ta gorge, mêlé au râle essoufflé de Toby-Chien. Fuis plus vite, poursuivie par l'ombre de l'ombre, glisse sur la neige qui gèle et qui crie comme une vitre ; fuis jusqu'au havre que retrouve ton instinct, jusqu'à la porte rougeoyante où tu trébuches, en palpitant comme l'écureuil, et où tu soupires, dégrisée : « Déjà ! »

Une pluie affreuse nous bloque, énervés, entre le foyer trop vif et la porte-fenêtre où siffle la bise d'est. Rien à tenter. Dès que j'entrouvre un des battants vitrés, un clapotement assourdissant crible la pierre du perron, ricoche en mille gouttes jusqu'au parquet ciré. Derrière le rideau que je soulève, on voit marcher la pluie, un rideau transparent et funèbre qui traîne à plis inégaux vers l'ouest, comme le bas de la robe d'une géante qui franchirait une à une la hanche arrondie des montagnes.

Brûlée par le feu et par l'attente, — car je compte les jours et les nuits — je me tais, « je me creuse », disais-je autrefois… Je me creuse consciencieusement, avec une hâte patiente et déjà récompensée, car je vois briller une heure belle entre les heures…

Annie et Marcel me font peine. Ils ont des figures de séquestrés, tiraillés de bâillements nerveux et de frissons. En vain Marcel a changé trois fois de cravate, troqué de désespoir ses bottines de chasse (?) contre une paire d'escarpins vernis, vers l'heure du dîner… Il erre, languissant d'une détention à laquelle je puis seule, après Renaud, mettre fin… Quel éclair bleu dans ses yeux de jeune miss, quel fard suave sur sa joue veloutée, si je lui disais tout à coup : « Tenez, les voilà vos cent cinquante louis, filez… » Je me garderai de lui dispenser cette joie… D'abord, trois mille francs, il faudrait les demander à Renaud, sous quel prétexte ?… Et puis, je dois me l'avouer sur cette tentante page blanche, — je me plais secrètement au puéril ennui de mon beau-fils. Lâche instinct de prisonnière ! Désirer à toute heure changer de place sa fièvre sans la guérir, la maquiller de rire, de sérénité ou d'indifférence, que fais-je depuis tant de semaines ?… Oui, j'aime à voir Annie savourer sa brûlure en un luxurieux silence, et Marcel, pâli de solitude, ressasser, jusque devant Annie, des anecdotes où le jupon ne trouve point de place. Je leur tends ma propre peine comme un gâteau poudré de sable…

Que je suis vilaine !… Laissez, cela se passera. C'est un soir de pluie. Le soleil reviendra avec Lui, d'argent aussi et de neige, tout sucré de frimas… Annie, alors, pourra s'échapper — vers quel râble solide ? — et Marcel — vers quel douteux jouvenceau ? Et tout reviendra facile, léger, durable, naturel… Nous n'en avons plus pour longtemps… Restons liés ici, mes enfants, sous notre arche trempée que ce déluge semble avoir hissée en haut de la montagne… Patientez, faites comme moi, vagabondez, les pieds joints sur un coussin, les poings sous le menton... Marcel épelle au piano le chant liquide et puéril des Filles du Rhin narguant Siegfried, et me voici rajeunie de près d'un lustre, ramenée à cette année 19..., commencement et fin d'un de ces flirts rapides et flambants de Renaud, vifs feux de paille dont l'éclat inquiète, mais qui ne laissent qu'une pincée de cendres, blanche et voletante comme un duvet...

Renaud aimait, cette année-là, la belle Suzie. La belle Suzie plaît par un américanisme à la portée des plus médiocres romanciers français. Elle porte, sur de hautes jambes fines, une taille peu serrée, une carrure d'officier prussien, une petite tête simplement et brutalement construite : la mâchoire large, le nez insuffisant sauvé par un pli félin des narines. Suzie rit trop souvent, mais elle montre des dents mouillées, dentelées au bord comme les dents nouvelles des enfants de dix ans. Chaque fois qu'elle rit, ses yeux se ferment, et l'on ne pense plus qu'à sa bouche qui demeure seule à briller dans son visage... Mais quand ses yeux se rouvrent, d'un châtain sombre, ou suit fatigué, fasciné, leur mobilité inquiète, défiante et tendre...

Elle s'habille et se coiffe d'une manière incohérente, qui va du canotier Rat-Mort à l'extravagance la plus empanachée. Car ses ancêtres les Peaux-Rouges, lui ont légué le goût invétéré de la plume derrière l'oreille, à défaut de l'anneau dans la narine... Le pied est gracieux, mais la main garçonnière, et la voix, qui chuchote et traîne avec une douceur équivoque, devient, dès qu'elle s'élève, nasillarde et dure...

La littérature a gâté ce bel oiseau yankee, à qui l'on n'eût dû apprendre qu'à briller, à balancer onduleusement la nuque sous les plumes qu'éparpille le vent, à montrer ses dents, l'envers rouge de ses lèvres, à chasser du talon les traînes floconneuses qu'elle secoue et accroche, en vraie négresse parée...

Suzie a lu, et c'est de là que vient tout le mal. Elle a beaucoup lu, peu retenu, mêlé une salade bilingue de poésie et de prose, de théâtre, de romans et de philosophie où elle pique au hasard, sans trop choisir, avec une assurance qui force les admirations ingénues...

Je n'eus pas d'amertume quand Renaud se prit à suivre Suzie de *five o'clock* en *afternoon tea*. Elle me ressemblait si peu !... Je crois bien que je remplirais le monde de sang et de cris, si mon mari s'éprenait d'une silencieuse comme moi, violente au fond, d'une violence ouatée de paresse, comme moi contemplative et trépidante, et plus que moi jeune et jolie...

Mais Suzie ! Quelle Claudine eût pu prendre ombrage de Suzie ?

Suzie gourmande de flirt, de caresses risquées sous une nappe retombante, Suzie absorbante et menteuse, Suzie au carnet de rendez-vous plus chargé que celui d'un dentiste, Suzie volontiers utilitaire, sachant emprunter à tel peintre, à tel romancier, une opinion réputée « originale » et dont elle se pare, importante, en petite fille qui se pavane dans une jupe trop longue...

Une fois encore, pour cette belle Suzie, Renaud dépensa son ardeur de prosélyte, en dépit de mes sages conseils. « Elle est belle, lui répétais-je, que lui voulez-vous de plus ?... Apprenez-lui à se taire, elle approchera mieux de la perfection... » Et puis je riais d'entendre mon mari plaider contre moi la cause de Suzie, lui découvrir de la finesse, une promptitude d'esprit toute latine, voire une honorable mélancolie et le dégoût foncier du snobisme... Mélancolique, Suzie ! Mélancolique et pleine d'un noble désir des choses meilleures, cette jument de sacre, fière de s'ébrouer sous les pompons et les panaches !...

(Malgré moi, je la rabaisse un peu trop. Une tardive jalousie m'échauffe, à me rappeler tant d'heures perdues, de journées gaspillées en rendez-vous ici et là et qui me privaient de Renaud.)

L'apostolat amoureux de mon cher mari aboutit au projet singulier d'emmener Suzie à Bayreuth avec nous, l'été de cette même année 19... J'en faillis pleurer, puis rire, puis j'entrevis, sagement, la fin normale de cette idylle, et que Suzie elle-même tuerait Suzie...

Pour la seconde fois, je revis sans joie la petite ville noircie où pleut le charbon, le jardin de la Margrave où Annie, étourdie de solitude, avait chancelé sur mon épaule... Je revis dans mon assiette les horreurs *mit compot* et dans mon verre la bière médiocre, mais glacée. Je revis les lits saugrenus, ennemis du sommeil et de l'amour, les lits fragmentés, draps trop courts, matelas-mosaïques en trois pièces, les lits-cercueils où s'ajuste dans la journée une planche-couvercle tendue de cretonne imprimée... Ô lits franconiens ! J'ai tenté avec vous tous les accommodements, vous qui contraignez la volupté à l'acrobatie !

Renaud avait élu pour Suzie un petit appartement vieillot et gai, dont les fenêtres, fleuries de pélargoniums roses sucrés de poussière, s'ouvraient sur la Richard Wagnerstrasse, brûlante et déserte. Quand je dis déserte !... Deux fois le jour, un régiment bavarois y défilait, forts garçons vert sale sur de grandes biques alezanes, bonnes figures cuites de dogues entre le casque et col de drap framboise...

Je revois, en instantané dont tous les détails brillent, ces deux fenêtres fleuries et le buste de Suzie appuyé à la barre... Elle était nu-tête, ses cheveux bruns, tordus en coquille, se moirent d'or sous le soleil de midi, ses seins, sur ses bras croisés, s'écrasent un peu dans une robe lâche où sont peintes des pommes de pin roses et jaunes, et son petit nez se fronce dans l'effort qu'elle fait pour garder les yeux ouverts contre la lumière cuisante... Derrière elle, tout près, la grande taille de Renaud coupe d'une barre sombre le fond blanc de la chambre. Il ne rit pas, car il la désire. Elle rit, en se penchant davantage sur la rumeur du régiment qui passe, sur le nuage de poussière qui monte vers elle, sur l'odeur de cuir, de poil, d'hommes mouillés... Elle rit et les soldats fumants répondent à son rire, mufles levés et dents découvertes... Elle écrase ses seins sur ses bras, renverse un cou de colombe et murmure : « Tous ces hommes... C'est drôle, tant d'hommes à la fois... » Son beau regard couleur de café croise celui de mon mari, puis se dérobe brusquement, et nous demeurons tous trois graves, muets, comme trois étrangers qu'un hasard a rassemblés. Oui, je me souviens de cette heure décisive ! Distinctement, entre Suzie et Renaud, j'ai vu passer leur Désir qui s'est arrêté une seconde, les ailes ouvertes, et s'est enfui d'un vol effaré comme ces passereaux qui crient tout à coup, ayant senti passer sur eux l'ombre d'un mauvais oiseau... Pourtant j'avais voilé mon regard, contenu ma pensée meurtrière que je tenais cachée au fond de moi, frémissante et disciplinée comme un bon chien de chasse qui attend le signe... Je n'ai pas fait le signe... À quoi bon ? Celui que j'aime doit vivre libre, dans une apaisante et illusoire liberté...

Tous les jours qui suivirent cette minute inquiète, Renaud put voir et chérir sa Suzie, se caresser à son accent chantant, à ses plumes envolées, à son parfum variable — mélange qu'elle dosait à la diable et qui lui seyait, suave ou âpre, — assister, dans sa chambre défaite, à une fin de toilette capiteuse...

À midi, héroïque, je l'envoyais cueillir Suzie parmi des lingeries jetées, les cuvettes en désarroi, les malles pillées... Je savais qu'elle l'accueillait, lui et ses fleurs quotidiennes, d'un « ah ! » mi-confus, mi-joyeux, et qu'elle agrafait avec une adroite maladresse la ceinture de sa jupe... Je la voyais, penchée au miroir mais les yeux ailleurs, sabrant sa bouche de deux traits de « raisin », secouant sa houppe et veloutant ses joues, toujours sans se regarder, avec une adresse de singesse qui saurait se grimer... Je connaissais si bien — mieux que Renaud la fausse hâte, le faux désordre, la fausse perplexité de Suzie, dont les yeux sombres se fonçaient, se troublaient d'une telle inquiétude palpitante qu'on songeait malgré soi au motif coupable d'une si vive émotion...

En vérité, je voyais tout cela à travers les murailles, avant que Renaud se fût laissé aller à me tout dire... Pauvre cher grand, il tomba enfin au piège de ma confiance et de ma sérénité, et je crois bien, au mal que j'endurai dès sa première confidence, que je n'en demandais pas tant...

Héroïque, je fus héroïque, le mot n'est pas trop fort ! Je subis, passive comme une gouvernante étrangère, les « leçons de Tétralogie » où Renaud trompait sa fièvre et que Suzie s'assimilait, muette, extasiée, les yeux rivés à ceux du bienveillant apôtre à la moustache argentée... N'ai-je point failli la défigurer, un jour, pour m'être aperçue qu'elle n'écoutait pas la voix de Renaud, mais qu'elle suivait, les yeux tout noirs, le mouvement de ses lèvres ?... Chassons, chassons tout cela ! Souvenons-nous seulement de ma joie silencieuse, de l'envie soudaine de « danser la chieuvre » qui me saisit, un soir, un beau soir, le soir de *Parsifal*...

Dans la Restauration du Théâtre, cette halle inconfortable qui pue la sauce, la bière répandue, le mauvais cigare, nous attendions, éreintés, qu'un tiède wiener-schnitzel parvînt jusqu'à notre table, porté sur les remous d'un peuple que quatre heures de spectacle ont affamé jusqu'à la frénésie... Sous une triste lumière verticale, je contemplais, accoudée, Renaud vieilli de musique, la moustache tressaillante, les mâchoires dures, — Suzie rajeunie, éveillée, sur qui l'écrasante harmonie avait glissé, clémente... Elle feignait la lassitude, tordait ses souples épaules, fermait les paupières, se balançait toute dans une gymnastique voluptueuse dont se repaissait Renaud silencieux, presque méchant... Autour de nous, un vacarme d'assiettes, de cris, les ordres vociférés en mauvais allemand par Maugis attablé derrière nous avec le ménage Payet et Annie, les cris de pintades d'une smala d'Anglaises en cheveux... et moi je songeais lâchement qu'un train partait pour Carlsbad à dix heures, et que l'express de Carlsbad emporterait vers Paris une Claudine dégoûtée dont on ne s'occupait guère...

— Oh ! oui, affirmait Suzie, avec une fausse ferveur très séduisante, j'ai pleuré toutes mes larmes à la scène du baptême !

Et elle ouvrait tout grands ses yeux couleur de Seine nocturne, d'un brun miroitant.

— Oui... murmurait Renaud, à peine maître de lui.
— Oh ! je l'ai bien reconnu, le motif de la Lance !
— Le motif de la Lance ! Quel motif de la Lance ?
Je me penchais, attentive, soudain illuminée d'espoir...
— Mais, Renaud, *le* motif de la Lance, celui qui sert pour Wotan, et pour Parsifal aussi, enfin, je ne me trompe pas ?...
À mon bref sourire, la belle Suzie sentit la gaffe, mais déjà, de sa place, Maugis, ivre aux trois quarts, l'applaudissait sans discrétion :
— Voui, jolie Madame, voui ! Et vous faites bougrement honneur, si j'ose ainsi m'exprimer, à votre professeur de leitmotiv. Le motif de la Lance ! Celui qui sert pour Wotan, pour l'épée de Siegfried, pour la colichemarde de Parsifal, pour l'alène de Hans Sachs, pour le couteau de chasse de Hunding, et pour le cure-ongles de Senta ! Hurrah pour le motif de la Lance, collectif, démontable et interchangeable ! Wollzogen et Chamberlain en seront comme deux ronds de frites, — *mit compot !*

Ce gros Maugis suant et soufflant, je l'aurais embrassé ! Suzie rougissait, plus jolie d'être courroucée ; Renaud prenait le parti de rire d'un indulgent et paternel, mais en détournant ses yeux des miens, pour que je n'y pusse lire un rien d'irritation vexée... Et moi, je sentais une joie vindicative rentrer en moi, courir le long de mes veines en chatouillant ma peau par en dessous, — je laissais ma pensée quitter le train de Carlsbad, et vidant, tête renversée, mon römer d'émeraude, plein d'un Johannisberg sec et clair comme une gifle, je murmurais : « Sois charmante et tais-toi... »

Et je commençai de me griser exprès, pour fêter la Sainte-Gaffe ; je bus à Maugis, qui me le rendit sans compter ; je bus à Annie pâle et prostrée ; elle me souriait sans comprendre, avec son air absent de pensionnaire qui a de mauvaises habitudes... Je bus à Marthe Payet et à son mari, lui toujours premier-à-la-soie, elle éclatante et rousse, les cheveux en ondes larges sous un chapeau agressif, l'air d'un Hellen copié par Fournery... Je bus, déjà grise, à mon cher Renaud, en soulevant vers lui mon verre pour un vœu, muet... Et Suzie, amusée, sans rancune, remplit mon römer encore une fois, en riant de tout son cœur, les yeux fermés et les dents nues, pour me faire porter la santé de son mari absent, ce mari qui peinait pour elle dans de lointains pétroles russes...

Dédoublée, je me mirais dans mon ivresse, j'y voyais mes joues chaudes, ma bouche rouge, mes cheveux en boucles qu'amollissait la chaleur, et je sentais mes prunelles si larges et si jaunes que leur lumière me chauffait les paupières... Je parlais, je parlais, profitant de ma félicité physique et de ma dualité passagère pour jeter hors de moi toutes les faciles drôleries qu'à jeun je retiens par paresse et par pudeur... Je me souviens qu'au plus fort de mon bavardage je voyais les visages de Renaud, de Suzie, d'Annie, Marthe et Léon, le masque congestionné de Maugis, tournés vers moi, attentifs et narquois, — ils me regardaient avec l'expression de gens qui guettent sans être vus, ou qui observent en sécurité une aveugle... Une aveugle ! Mes yeux chauds entraient dans leur âme, avec curiosité, mais non sans mépris, et ne se rafraîchissaient, désarmés, qu'au bleu-noir d'étang des prunelles de Renaud indécis, secoué, rêvant sur les motifs secrets de cette griserie débridée...

À partir de ce jour, je ne comptai plus mes victoires. Ô vous, toutes les Suzies, si vous saviez à quoi tient ce que vous nommez l'amour d'un homme, quand cet amour s'appelle au vrai désir !...

Une heure vint où je discernai, dans la nervosité de Renaud, autre chose que le désir : l'envie d'abord discrète, l'envie ensuite frénétique et maladive de s'en aller... Suzie lui avait-elle cédé ? Je ne l'ai jamais su. Je ne veux pas le savoir. Renaud ne m'en a que trop dit, après. J'ai connu par lui de quels appâts grossiers, si « femelle », elle se servait, de quels frôlements indignes, quasi professionnels, elle l'énervait, et comment elle roulait sur lui sa tête parfumée en murmurant : « Je suis une pauvre petite femme toute seule, j'ai tant besoin qu'on me câline... » J'ai su comment Suzie ouvrait devant Renaud les lettres de son mari, et qu'elle les lisait d'un œil sagace et rapide, sans passer une ligne, avec ce sourire canin qui découvrait ses dents... Un jour, plus méchante que de coutume, elle jeta au nez de Renaud une lettre chiffonnée : « Lisez ça, si ça vous amuse... Si, Si, lisez ! » Et ses mains souples toujours froides, lissaient la lettre, quatre pages couvertes d'une écriture lourde et claire. Renaud lut, Suzie appuyée à son épaule. Il lut, soudain glacé comme les mains de Suzie, la plus humble, la plus déchirante lettre qu'un mari absent, désabusé, jaloux, peut écrire à une femme imbécilement aimée : « Ma Suzie, mon amour... Comme tu es loin... Sois sage, mais fais tout ce qui t'amuses... Soigne-toi... Ne me trompe pas, ô mon amour... Tu sais comme je suis triste et comme tu peux me faire souffrir, ne me trompe pas, toi qui es tout ce que je possède en ce monde... »

Ce cri : *ne me trompe pas* ! qui revenait, humilié et sans espoir, cette servilité d'homme qui acceptait tout pour garder Suzie, et la gaieté insultante de cette rosse penchée sur la lettre, la joue frôlant la moustache de Renaud… Toute cette scène qui mît fin à l'idylle franconienne, je ne l'ai pas vue, mais je l'ai dessinée dans mon souvenir et je l'y caresse, comme une image de piété, comme un fétiche qui a fait ses preuves…

— Annie, si le temps se couvre comme ça, peut-être qu'il faudrait ferrer à glace Polisson ? Il n'a déjà pas un devant bien fameux, et si la gelée survenait, il ne pourrait pas ramener Renaud de la gare, mardi ?

Annie reste là, les mains vides, avec cet air désert, désaffecté, qui tantôt m'émeut, et tantôt m'exaspère. Je trouve qu'elle n'exulte pas assez. Renaud arrive mardi, enfin, voyons ! J'ai envie de lui crier, de lui enfoncer ces trois mots-là, à grands coups, dans sa tête aux tempes étroites...

— Eh ! bien ! Annie ?

Elle hausse les épaules, me couvre de son regard bleu égaré :

— Je ne sais pas, moi. Qu'est-ce que vous voulez que ça me fasse, qu'on ferre Polisson à glace ou autrement ? Depuis des semaines vous me déchargez du fardeau de penser à ma maison, à mon fermier, aux menus des repas... Je vous ai tout donné avec Casamène, la maison, le parc, les soucis du propriétaire, tout... Gardez-les.

— Vous avez raison, Annie...

Et tout de suite, je m'étonne de ma douceur conciliante ! L'approche du maître... Il vient, et déjà mon cou s'incline vers le collier trop large, vers l'entrave illusoire d'où je pourrais, sans même l'ouvrir, m'évader, si je voulais... Mais je ne veux pas. J'ai dit : « Vous avez raison. » Je dirai aussi : « Comme vous voudrez, Renaud... s'il vous plaît... Oui... Permettez-moi... » Il faut que les formules déférentes et tendres rentrent dans mon vocabulaire, qu'elles y remplacent les impératifs dont je flagelle la molle Annie, le fuyant Marcel...

Celui-ci rôde sur nos talons, malade d'oisiveté, inquiet du retour de son père. Il évite la bise d'est qui, la semaine passée, pela l'ourlet délicat de ses oreilles...

— Tenez, Marcel, allez m'accrocher ces cintres dans la grande armoire. Je fais de la place ici pour les vêtements de Renaud.

Il obéit, les mains revêches et la mine aimable, avec la crainte visible de se casser un ongle. Ma chambre — notre chambre bientôt — se jonche de linge et de robes. Je range, enivrée de désordre ma ceinture tourne, ma cravate pend, une mèche en point d'interrogation cache alternativement chacun de mes yeux. À peine si de temps en temps le souci d'être laide m'interrompt et vite, au miroir à trois faces, je quémande un avis... Peuh !... ça ira... ça va... la nervosité de la silhouette trompe sur mon âge véritable... le jaune des yeux dévore le creux amaigri des joues et ma lèvre « en accolade » semble s'étonner de demeurer aussi enfantine... *Il* oubliera, cette fois encore, de noter, entre ces yeux horizontaux et cette bouche ondulée, la sécheresse aiguë du menton et des mâchoires, l'insuffisance de la joue qui se déveloute, la ride esquissée en parenthèse au coin des lèvres, et le cerne singulier, mauve, en forme de flèche, qui souligne l'angle interne des paupières... Allons, allons, ça ira...

— Portez ça là-bas, Annie, c'est des chemisettes d'été.

— Où, là-bas ?

— Dans la grande armoire du cabinet noir, où Marcel accroche des cintres. Il y fait nuit, mettez les mains en avant. Si ça crie, ce sera Marcel.

— Oh ! se récrie-t-elle, pudique, — mais elle s'empresse ; on ne sait jamais...

Je range, je range. Un carton crevé aux quatre coins, mal ficelé, laisse fuir des papiers jaunes, de petites photographies mal lavées, roulées en tubes, roussies... J'y trouve difficilement les raccourcis d'un beau voyage égoïste que nous fîmes à Belle-Île-en-Mer, Renaud et moi, voilà huit ans...

Sarah Bernhardt n'avait pas encore civilisé la Pointe des Poulains, nivelé son sable impalpable et fuyant, dont l'onde froide et sèche glisse entre les doigts, scintillante de mille et mille rubis pulvérisés en paillettes de tous les roses, de tous les mauves...

Petite terrienne étonnée et séduite, je n'ai jamais autant que là-bas goûté la mer. Une fièvre saline hâtait mon cœur la nuit, électrisait mon sommeil ; et l'air marin, le jour, m'enivrait jusqu'à l'heure où, recrue, morte, je succombais endormie au creux d'un rocher, sur le sable strié qui poudrait mes cheveux... L'Océan léchait les fuseaux bruns de mes jambes, polissait les ongles de mes pieds toujours nus... Sans me blaser, je suivais sur les vagues d'un vert-bleu, éclatant et dur, le départ des barques à la voile inclinée comme une aile rose corail, turquoise malade, dont la teinte rendait plus étincelante et plus fausse la nuance des vagues.

Une ardente paresse écourtait les heures. Comme deux chiens heureux qui quêtent de compagnie, silencieux, nos esprits oisifs et rajeunis s'occupaient du nuage qui menace, du vent qui change, et je n'oublie pas la gravité de Renaud, jambes et bras nus, le doigt tendu vers un crabe furibond, fou de bravoure, qui sautait et claquait des pinces, tout rouge et comme déjà cuit... La pluie des bords de la mer, la pluie fine, vaporisée, qui poudre les joues et les cheveux d'une buée d'argent, nous trempait d'un côté, le vent nous séchait de l'autre. La faim seule nous chassait vers notre grande maison de bois qui sentait le navire, et je gravissais vite l'escalier, toute passionnée de flairer le court-bouillon des petits homards ou l'échalote du thon en tranches, épais comme du veau, — je bondissais le long des marches, j'y laissais la trace de mes pieds nus, frais et mouillés comme des pieds de sauvagesse...

Le soir, un ronronnement plaintif et doux nous attirait au balcon de brique rose... Au clair des étoiles, les sardinières bigouden, liées en ronde par les mains, chantaient de leurs voix de fileuses, et leur farandole fermée s'agitait sur un rythme à cinq temps cahoté et bizarre :

> *Non, non, non, celui que j'aime*
> *N'est point z'icî...*

À la lueur d'une pipe, je distinguais un châle vif brodé de fleurs, une coiffe raide, l'aile tendue, une joue ronde et brûlée, l'éclair d'un bijou d'argent...

Au crépuscule, avant le souper et la danse, ces bigouden fraîches et noires, deux par deux, trois par trois, se promenaient d'un pas paresseux, sans but, et comme pour parer seulement le sable blanc, les roches violâtres, de leurs fichus fleuris, de leurs coiffes lumineuses... Au creux d'un fossé, au détour d'un sentier tout armé de genévriers piquants, elles apparaissaient soudain, muettes et quémandeuses, avec un air soumis et narquois de jeunes bêtes matées... Par une nuit de lune qui ourlait d'argent la mer paisible et suspendait, dans un givre impalpable et bleu, le phare de Kervilaouen, l'une d'elles, plus hardie, osa nous héler d'une voix pieuse :

— Vous n'avez besoin de personne ?

— Pour quoi faire ?

— Pour coucher avec vous...

Nous la regardions en riant, amusés de sa timide audace, de sa figure en pomme, de son corsage en toupie, bien tendu sous un petit châle aussi bleu que la nuit. Elle était jeune, coiffée de linge frais, elle semblait cirée, encaustiquée à neuf, et le moindre souffle de sa jupe balayait jusqu'à nous une odeur infâme de poisson gâté...

Un singulier dénouement récompensa ces vacances heureuses, et le fou rire me reprend au souvenir de notre départ sous les regards scandalisés des Palaisiens… En même temps qu'aux bas et aux chaussures, j'avais renoncé aux jupes féminines, et Renaud pourrait dire de quel gentil mousse lui servait sa femme, en grand col bleu, en culotte de jersey et béret de laine, mousse vite au courant de la manœuvre des voiles, orgueilleux de border les écoutes de foc… Une après-midi, au creux d'un rocher rouge et violet, tapissé d'un velours rude et chaud de lichen, l'imprudent Renaud traita son mousse en maîtresse très aimée et deux baigneurs qui passaient inaperçus se voilèrent la face… après. La distance, le costume peu défait avaient trompé ces âmes contemplatives et mon impatient mari devint, pour le Tout-Palais empourpré de honte, le « Parisien dégoûtant qui débauche les petits mousses pour quarante sous, trois francs » !

Ô Renaud calomnié ! que j'aimais votre expression ambiguë, sous les regards de blâme du Tout-Palais, votre triple expression de rage puérile, d'amusement et de féminine pudeur ! Je ne pouvais pourtant pas, moi, votre mousse violé, quitter culotte et blouson bleu pour réhabiliter, glorieuse et nue, votre honneur en lambeaux !

Un cri perçant, un cri de souris écrasée, suivi d'un rire maladif en cascades, troue ma rêverie… Qu'arrive-t-il à Marcel, — ou à Annie ? Je cours au cabinet noir, d'où jaillirent ce cri et ce rire, ce rire qui tarit et recommence, hystérique…

— Ne vous gênez pas, mes enfants. À quel jeu avez-vous joué, dites donc ?

Marcel est sorti du cabinet noir, les yeux pleins de larmes, et s'appuie au mur du corridor, une main sur son cœur Ah ! que c'est bête ! sanglote-t-il. J'en aurai une crise de nerfs, vous savez !…

— Parce que ?

— C'est Annie… c'est elle qui… oh ! je sais bien ce n'est pas exprès…

— Annie ?… qu'est-ce qu'elle a fait ?

L'accusée sort de l'ombre à son tour, pâle, battant des cils et se met à parler comme une somnambule :

— Je vous jure… Je n'ai rien fait !… il se trompe ! Je suis incapable de… Enfin, Claudine ! ne croyez pas !…

Marcel sanglote de rire, la nuque renversée, et je commence à suspecter la bonne foi d'Annie…

— Elle vous a brutalisé, Marcel ? Pauvre petit, va ! Il en est comme une rose froissée… Viens avec ta marâtre !

Je l'emmène vers ma chambre, un bras autour de ses épaules fuyantes, tout secoué encore de son rire nerveux de pensionnaire, si abandonné, si précieux et si ridicule que je ne sais pas bien discerner mon besoin de le battre du désir de l'embrasser plus brutalement encore...

Je sens derrière moi qu'Annie cherche à fuir, à s'évanouir dans l'ombre du couloir...

— Annie ! qu'est-ce que c'est ? Venez comparaître, et au trot !

Je me réjouis, bienveillante, avec un peu de vil plaisir curieux. C'est Annie qui, debout, la bouche entrouverte et tremblante l'air d'une « cruche cassée » pour mulâtres, semblerait la victime, si Marcel, ses yeux bleus tout brillants de larmes nerveuses, n'appelait la compassion la plus directe... Assise et les mains sur les bras d'une bergère, je juge :

— Mes enfants, je vous écoute. Marcel, allez-y ! Qu'a fait Annie ?

Il entre dans le jeu et, trépidant de tout le corps, à la Polaire :

— Elle m'a peloté, crie-t-il.

— Moi !...

— Houch ! Annie... Elle vous a peloté ! Qu'entendez-vous par ces paroles ?

— Tiens ! j'entends... ce que tout le monde entend ! Peloté, quoi !

— Heu !... Pris la main ? la taille ?

— Oh !...

— Silence donc, bon Dieu, Annie ? Pris l'oreille, le genou, le... ?

— Un peu tout, avoue Marcel, très « petit-chat-est-mort ».

— Non, pas tout ! s'écrie Annie avec une telle impétuosité que le fou rire nous gagne tous deux.

Ah ! que j'ai du goût ! Qu'il fait bon rajeunir pour une sottise d'écoliers, sentir ses côtes s'ouvrir, ses joues se rider, toutes raides, les pommettes remontées jusqu'aux yeux. Je retrouve mon âme des cours-du-soir, cette heure d'étude supplémentaire où un regard échangé avec la grande Anaïs, un mot prononcé de travers par Marie Belhomme déchaînaient à travers les gobettes le rire irrépressible, l'imbécile joie contagieuse des enfants enfermés... Ma jeunesse, comme tu es près et loin de moi, ce soir !

Et, pendant que nous rions, Marcel et moi, Annie pleure. Elle pleure debout, lentement, avec une gravité qui m'émeut, qui arrête mon rire en glouglous ralentis. J'accours, je lui serre les épaules :

— Ma petite ! ma sotte chérie ! voyons, vous êtes folle ? nous sommes des serins, c'est vrai, mais ça ne vaut pas la peine de pleurer comme ça !

Elle se dégage, d'un tour d'épaules, avec un mouvement de sourcils et de lèvres, un regard pâle et fuyant qui veulent dire tant de choses !... Apitoyée, inquiète, j'entends profondément ce geste de son visage : « Non, je ne pleure pas de dépit, ni de pudeur, — je pleure d'envie et de déception. Je pleure ce qui me manque, ce qui se dérobe à ma main, à ma bouche, ce qu'il va falloir aller chercher très loin, ou très près... Il va falloir que j'aille, moi, fatiguée, moi, sédentaire et paresseuse, moi, timide, passive, moi, esclave de mon corps gourmand et têtu, courir vers un bref bonheur qui ne vient pas à moi... j'irai donc, sans gaieté, sans foi, côte à côte avec mon Désir qui n'a même pas de visage, qui n'a que des reins charmants, des jambes dorées d'un duvet chatouilleux, des bras prompts à étreindre, prompts à se dénouer, un cœur tout chaud d'impatience et d'ingratitude... J'irai ! car je lutte en vain et je n'ai plus de confiance en moi-même. Oui, côte à côte avec mon désir, tout le long d'un chemin brûlant, je marcherai, fière de me donner, soumise à mon indigne et cher compagnon, — je le prévois indigne et je souris d'avance à mon choix d'aveugle qui tâte à pleines mains — heureuse jusqu'au tournant où mon maître guide se dissoudra comme l'arc-en-ciel irisé qui danse sur la rosée au soleil, et je me retrouverai sage, essoufflée, comblée, déserte, seule avec ma naïveté de petite fille que le péché a lavée et qui soupire : « Je ne le ferai plus », encore tournée vers l'image évanouie de mon impureté... »

Tout cela, je le lis dans les yeux d'Annie, dans l'eau désolée de son regard... Et quelle tentation — généreuse ou libertine ? — me vient de lui jeter entre les bras Marcel, cette poupée charmante qui ressemble à un homme, comme on glisserait en cachette à une prisonnière je ne sais quel joujou honteux...

— Marcel ?
— Chère amie ?
— Ne faites pas la femme du monde : nous parlons sérieusement.
— Je ne fais pas la femme du monde, Claudine. Vous n'êtes pas ma chère amie ?
— Je suis votre belle-mère, Monsieur, voire votre vieux copain, un copain que vous savez très bien taper à l'occasion, et même sans occasion !
— Vous êtes dure...
— Non, mon petit. Je ne vous reproche pas les louis que je me suis laissé, de très bonne volonté d'ailleurs, carotter par-ci par-là... Et la preuve, c'est que je m'en vais peut-être vous fournir une occasion sans pareille de toucher cinq louis, — ou dix, — ou quinze, on ne sait pas...
— Oh ! oh ! vous avez inventé une « eau de Beauté » ? Ou bien il y a un vieux qui veut m'avoir ?
— Penses-tu, chéri ? Fausse mineure pour diplomates âgés, va ! Non Marcel, écoutez !
— J'écoute.
— Vous n'avez jamais connu, au sens biblique du mot, — une femme ?
—........................
— Voilà le flacon de sels. Je reprends : vous avez jamais...
— Jamais ! je le jure !
— Ça suffit. L'innocence crie dans vos yeux bleus et votre voix rose. Dites-moi encore si on vous collait dans vos draps une jolie femme amoureuse de vous, qu'est-ce que vous feriez ?
— Rien... Et puis je m'en vais. Je ne veux pas qu'on me dise des saletés !
— Et si on vous payait pour ?
— Si on me... C'est sérieux ?
— Très.
— Oh ! zut ! Y a une grosse dame qui me cherche ?
— Pas grosse, petite. Gentille, gentille !
— Gentille... Je me méfie...

Il se méfie, en effet, car je le bloque entre deux portes, dans le tambour, profond comme une alcôve, qui sépare la salle à manger du salon. Il se méfie, car j'insiste, avec une fausse légèreté qui ne trompe pas ce petit animal fourbe ; — une légèreté conventionnelle qui semble souligner nos répliques rapides d'une indication scénique : MARCEL, *sur ses gardes*... CLAUDINE, *évaporée*...

— Gentille, gentille... Une femme, gentille ? Vous me rappelez cruellement une histoire que je vous ai tue jusqu'ici par pudeur.

— Vas-y !

— Il y a deux ans, à Biarritz, j'avais dégoté un tout jeune Anglais, charmant mais marié, le monstre ! Marié et libre d'aimer à sa guise pourvu que sa femme (une petite ogresse blonde toute ronde, avec un derrière en pomme sous des jerseys bleus) y trouvât son compte... Ne se met-elle pas en tête, si j'ose dire, de se me payer ! Ils me grisent de whisky, ces animaux-là, et me voilà seul avec la petite ogresse décidée à tout ! Ah ! Claudine ! Quelle minute ! j'en ai chaud quand j'y songe... Tout ce qu'on peut dire et faire d'aimable à un joli garçon, elle me l'a prodigué, avec un insuccès lamentable ! De temps en temps, l'espoir me revenait...

— Ça s'appelle un espoir ? « L'espoir luit comme un brin de paille dans l'étable... »

— Je songeais à lui, qui buvait du champagne — un magnum — dans une chambre à côté... et puis va te faire fiche ! tout à recommencer ! À la fin, elle m'a giflé, rageusement, et m'a flanqué dehors.

— Et vous avez retrouvé le suave mari au magnum ?

— Très joli... Je l'ai retrouvé, sous la table. Vous voyez...

— Mais ce ne serait pas la même chose, Marcel !

J'attire son oreille tout contre ma bouche, car j'ai un peu de gêne de ce que j'entreprends... Je chuchote, je chuchote longtemps. J'étouffe des mots, qui pourtant ont peine à sortir de mes lèvres... Marcel s'effare, refuse, marchande ! J'ordonne presque, mais ma sévérité s'atténue d'une bourrade, caresse grossière de maquignon... Il n'a pas consenti tout à fait que déjà je le quitte, sans vouloir entendre ses hésitations dernières, — je referme derrière nous le confessionnal où nous venons de tramer quelque chose de si innocent et de si louche...

Que Dieu me juge — s'il a le temps ! J'avais cru bien faire. Je voulais seulement, moi qui vais récupérer mon cher bien, ma raison de vivre, je voulais seulement que cette petite envoûtée ne partît pas seule, en mendiante, sur ces chemins tout bleus de neige à demi fondue, souillés de plaques de boue siliceuse et bordés de baies flétries ; — je voulais qu'ici, sous ses rideaux clos, elle pût jouir à l'aise d'un joli mannequin suffisamment animé... Je voulais qu'elle retrouvât sa gaieté peureuse, son sourire d'enfant maltraitée, son insouci oisif et gracieux... Pauvre petite ! Quel fiasco lamentable, et comme elle pourrait m'en vouloir !

Avant-hier, par une soirée de vent noir et tiède qui sentait le dégel et le faux printemps, nous nous étions assis devant un dîner corsé et paysan de lard fumé, de poulet au vin, avec le pudding couleur d'acajou et arrosé de vieux rhum... Je buvais résolument un frontignan traître et sucré, et j'emplissais les verres d'Annie sans défiance, de Marcel averti, frissonnant et muet, mais qui vidait coup sur coup son gobelet comme il eût avalé la ciguë, hop ! d'un trait, la tête en arrière, avec un regard chargé de rancune et d'appréhension...

La bizarre soirée, entre cette petite à demi grise, ce gamin à la figure de fausse mineure ! Je me sentais légère et aveugle comme une bulle de savon qui se cogne partout, et pleine de mansuétude. Une âme généreuse, amoureuse de l'amour, une âme d'entremetteuse désintéressée étayait la mienne, en vérité ! Et quand j'eus « achevé » Annie d'un verre de punch, quand j'eus conduit au premier étage ce couple disparate et gracieux, quand j'eus, d'une bourrade dernière, jeté Marcel et son pyjama turquoise dans la chambre d'Annie, je m'en allai vers mon lit, allègre, toute soulevée d'une noble fièvre qui n'avait rien d'impur. Parfaitement ! Il fallut qu'un cri léger, un cri tendre et ému, m'inquiétât, pour que je revinsse vers la porte, close sur nos deux amoureux, si j'ose dire...

Penchée vers le battant refermé et plus maternelle que curieuse, j'écoutais... Rien... Si ! Un murmure effrayé et volubile, où je distinguais deux voix mêlées... Plus rien... Si. Un gémissement très doux, mais si désolé et si déçu !... Un gémissement si significatif que je me surpris à gronder toute seule quelque chose où le troisième sexe se trouvait, en la personne de Marcel, gravement offensé... Et puis, derechef le silence. Et puis la voix de Marcel essoufflé, sur un ton d'excuse mondaine... Je grelottais de froid et de rire nerveux. Je pressentais le ratage, le ridicule, toute une louche parodie de volupté, oui, mais pas cette sortie honteuse de Marcel se ruant hors de la chambre et meurtrissant mes pieds nus, avec un « zut ! » excédé et haineux qui me racontait tout... Pâle, le nez pincé et les lèvres rouges, le bleu des yeux tourné au noir, il manquait faire chavirer ma lampe et me renverser dans l'escalier :

— Claudine ! ah ! vous étiez là ? ça vous amuse, vous ? Drôle de goût !

Secrètement humiliée, je commençai de le rabrouer :

— Dites donc, mon petit, je fais ce que je veux... Et puis, je suis *starter*, vous savez bien !

— *Starter* ! *starter* ! ah ! par exemple ! Elle peut starter toute seule, si elle veut, votre amie ! Je me dérobe à l'obstacle !

Furieuse, je le secouais par le bras :

— Non ? tu n'as pas de toupet ! Qu'est-ce qui s'est passé ?

— Eh ! rien ! laissez-moi tranquille ! Je vais me coucher.

Il s'arrachait de ma poigne, d'un geste boudeur d'écolier, et filait comme une anguille le long du couloir...

Dans sa chambre, où je pénétrai doucement après avoir frappé, ma pauvre petite Annie pleurait sur son oreiller froissé, entre les mèches de ses grands cheveux noirs qu'elle n'avait pas tressés... Sa révolte d'abord, son mutisme enragé, les dents serrées et les yeux clos, fondirent bientôt entre mes bras amicaux. Toute brûlante, elle sentait l'éventail de santal qu'on a jeté au feu et elle sanglotait sans paroles, avec des « oh ! » écrasés, des soupirs qui la gonflaient toute... Elle ne pouvait pas parler et je ne voyais d'elle, renversée sur mon épaule, qu'une tête noire d'hirondelle d'où fuyaient ses cheveux en ruisseaux, que deux mains pathétiques masquant son visage...

À la chaleur berceuse de mes bras, sa triste et brève confidence coula, goutte à goutte, avec ses larmes.

Ce n'étaient que des soupirs, des mots coupés, recommencés, des plaintes sans suite, mais pour moi, si claires...

— Oh ! qu'il est méchant ! qu'il est méchant !... C'est votre faute ! Oh ! j'en mourrai ! Oh ! je suis si malheureuse ! je veux m'en aller, je ne veux plus le voir... Moi qui étais si contente ! Il était si joli en bleu !... J'ai bien senti tout de suite que ça n'irait pas, allez ! Alors j'ai fermé les yeux, et, pour ne pas le perdre, je l'ai caressé... Mais, n'est-ce pas ? je suis si maladroite, ça n'a fait que gâter les choses davantage... Oh ! qu'il est méchant !... Il m'a appelée « madame »... il m'a demandé pardon comme s'il m'avait marché sur le pied... au moment où je mourais déjà de honte d'avoir tenté inutilement... Je vous assure, Claudine, j'aurais mieux aimé une insulte... Je veux m'en aller : je suis trop malheureuse ! C'est vous, Claudine, c'est vous qui êtes la cause de tout ça...

Hélas ! je ne le savais que trop !... Par quels mots la consoler ? Comment m'excuser assez ? Ce complot enfantin et sale, ce marchandage de Marcel, j'aurais voulu les effacer de mon souvenir, réveiller Annie en la berçant, en lui disant « Ce n'est qu'un vilain rêve… »

Toute gonflée d'un remords tendre, je faillis resserrer autour d'Annie, autour de ce petit torse abandonné et houleux, mon honnête étreinte… Des caresses, des baisers — et d'où qu'ils vinssent — pouvaient seuls guérir et calmer le regret de cette prostituée ingénue… Mon Dieu, je l'avoue, et que Renaud me le pardonne, le sacrifice n'aurait pas été au-dessus de mes forces. Mais je revis, avec un petit effort, nos années d'amitié chaste, cet hiver gris qui nous réunit toutes deux sous un toit paisible — et aussi le jardin de la Margrave où Annie désemparée s'offrit à moi, si confiante… À quoi bon ? à quoi bon ? pour quelques jours, quelques nuits de fièvre embaumées de sa chaude odeur de santal et d'œillet blanc, j'aurais risqué de laisser la pauvre enfant plus triste… Je ne resserrai pas mon étreinte, je ne baisai que des cheveux et des joues salées de pleurs, j'ouvris la fenêtre au vent tiède et noir, chargé déjà de joie printanière… J'eus recours à la fleur d'oranger, à la boule d'eau bouillante pour ses minces pieds glacés, — et je m'en allai, mal contente de moi-même, préméditant le prompt exil de Marcel…

Au déjeuner, nous nous retrouvons seuls, Marcel et moi, assis en face l'un de l'autre, rogues et gênés. Annie reste dans sa chambre. En vérité, mon charmant beau-fils semble moins embarrassé que moi, mais je dissimule mon embarras sous une parfaite mauvaise grâce… Il parle, avec une gentillesse fausse et timide. Il est un peu pâlot en veston gris, avec une cravate du même bleu que son pyjama de la nuit…

— Il fait beau aujourd'hui, n'est-ce pas, Claudine ? un vrai printemps !…

— Oui. Joli temps pour voyager ! Vous en profiterez, sans doute ?

— Moi ? mais…

— Si, si, vous en profiterez. C'est une occasion exceptionnelle, et vous savez que le train de quatre heures est direct ?

Il me regarde, indécis :

— Mais… le train de quatre heures est un rapide qui ne prend que des voyageurs de première, et mes moyens ne me permettent guère…

— J'arrangerai ça.

Malgré mon ton maussade, il baisse les paupières, risque un sourire de petite garce :

— Ah !... comme vous êtes aimable... Et puis vous me devez bien ça ; je me suis donné une peine cette nuit !...

J'ai envie de le battre, et je songe qu'en lui promettant cinquante francs de plus il se laissera flanquer une taraudée... quand la porte s'ouvre et Annie paraît. Elle a dû faire un effort, et la tension de volonté qu'elle s'impose illumine ses yeux pâles de somnambule.

J'ai jeté ma serviette, je cours à elle :

— Vous ne deviez pas descendre, Annie ! Pourquoi venez-vous ?

— Je ne sais pas... J'ai faim. Je m'ennuie toute seule...

Et, dans son angoisse, elle sourit d'un sourire mondain, tout à fait déplacé.

— Asseyez-vous. Marcel m'annonçait justement son départ.

— Ah !...

Ses prunelles claires ont chaviré, montrant le blanc pervenche et ses yeux. Brusquons, brusquons !

— Oui, il part à quatre heures. Ça vous ennuie, je vois ?

— Oui, répond-elle faiblement. Il pourrait rester jusqu'à l'arrivée de son père...

— Évidemment, acquiesce Marcel, poli.

De quoi se mêle-t-il. Je me fâche, car j'ai tort :

— Pour le plaisir que ça lui fera, à votre père ! Vous voyez bien qu'Annie est souffrante, qu'elle a besoin de repos, de solitude...

Je reçois, en réponse à ce substantif malencontreux, un regard de si juste ironie que le sang-froid m'abandonne :

— Et puis, zut ! j'en ai assez ! Oui, c'est moi qui ai tort, oui, je me suis mêlée de ce qui ne me regarde pas, et j'en demande pardon, de tout mon cœur, à ma petite Annie parce que c'est pis qu'une gaffe, c'est une mauvaise action. Mais vous, petit poison, vous, je ne vous dois rien — que votre passage jusqu'à Paris, et filez, parce que...

— Ah ! Dieu ! moi qui ai horreur des scènes ! Je fuis !

Posément, avec ce tour de hanches qui n'est qu'à lui, mon beau-fils se lève, en dépit d'un geste timide et spontané d'Annie comme pour le suivre ou le retenir... La porte claque sur ses talons et le vieil escalier crépite sous ses pas légers...

Nous sommes seules. Je me sens coupable et méchante, et ma peau me pèse comme au début d'un accès de fièvre. J'ai soif. Je n'ose pas regarder Annie, mais je vois la dentelle de son saut-de-lit palpiter aux battements de son cœur... Un faible soupir m'oblige à lever les yeux vers son visage, qui est brun et long comme une aveline mûre, et dont le chagrin ne dérange pas les deux traits immobiles.

— Voilà… murmure-t-elle en un nouveau soupir.

Et je redis :

— Voilà…

Elle me couvre d'un long regard inexpressif, et se plaint tout bas :

— Qu'est-ce qui me reste, maintenant ?

Blessée sans motif, je réponds durement :

— Le train de quatre heures, si vous voulez. Ou bien le fils du jardinier. Marcel le trouve très bien.

Elle rougit lentement, en ondes de pourpre superposées qui envahissent ses joues brunes et ses petites oreilles délicates, et m'avoue, naïve, sans rancune :

— J'y avais bien songé… Mais je crois qu'une cure d'air à l'étranger sera plus convenable.

Dieu merci, je la retrouve ! J'ai envie de pleurer et de rire et de la serrer dans mes bras, pour le plaisir aigu que j'ai de la retrouver intacte et semblable à elle-même, pas même égratignée par la vraie douleur, impudique comme Péronnelle en folie, et pouffant soucieuse des convenances superficielles, prête à ouvrir sa robe à un inconnu, mais farouche et me criant : « N'entrez pas ! » quand elle se lave le bout du nez dans sa chambre…

Dieu merci, je n'ai presque rien à me reprocher ! Je puis, égoïste, heureuse à nouveau, préparer dans mon cœur le retour de Renaud, frémir d'aise et de regret en regardant pointer, aventureux, les bourgeons gommés des lilas, me dire : « Déjà l'approche du printemps ! que de jours passés sans lui ! » écouter fourmiller mon sang au bout de mes doigts, à l'ourlet chaud de mes oreilles, tressaillir, me souvenir, espérer et croire, en mon cœur oublieux et pouffant fidèle, qu'hier c'est demain, que j'ai dix-sept ans et lui trente-neuf, et que je l'attends pour la première fois de ma vie…

Qu'Annie aille, donc en paix se faire… aimer ailleurs ! Elle court, elle se hâte, et moi j'attends. Vagabondes toutes deux, et que la moindre de nos pensées sépare, quelle amitié bizarre, faite de pitié, de despotisme, de faiblesse, d'ironie, nous rassemble pourtant ? Elle ne m'envie pas, et je ne la plains que par crises… Elle se raconte comme un ruisseau déborde, je me tais par orgueil et par pudeur. Elle donne fougueusement sa peau si douce, tiède comme le marbre huilé où l'on pétrit les pâtes fines — et tout mon corps hérisse son duvet horripilé, quand j'imagine seulement l'étreinte d'un inconnu, et c'est elle qui, si faible, si douce, m'étonne, me scandalise...

Quoi donc me retient auprès d'elle ? Quoi donc me fait supporter, désirer parfois sa présence silencieuse, son attitude battue, ses petites mains inutiles ? Pourquoi donc est-ce que je la nomme, en moi, ma « pauvre Annie » ?

C'est qu'elle erre et cherche, en mal de ce que, en un jour et pour jamais, j'ai trouvé...

— Qu'est-ce qui me reste, maintenant ?

Ce faible cri d'Annie, ce soupir qui se lamente et se résigne et n'exige rien, comme il me remonte aux lèvres avec amertume ! Mais je ne me résigne pas, et je me révolte, et je me redresse, prête à invoquer je ne sais quels droits imaginaires... Imaginaires ! Je regarde autour de moi, étonnée que sous mon regard ne s'effondre pas, féerie mouvante, tout ce qui fut le décor de ma félicité...

Oui. Renaud est revenu ! Il est là, dans la chambre voisine, si proche que je puis entendre sa respiration, le froissement léger du livre qu'il feuillette... Il est là, et ce n'est plus lui, — ou bien je ne suis plus Claudine...

« Il reviendra, me disais-je, et, ce jour-là, le crépuscule sera clair comme une nuit de lune rien qu'à la forme de son ombre encadrée par la portière du wagon, je reconnaîtrai tout mon cher passé, tout mon amour présent... »

Dieu ! dans quel cauchemar ai-je commencé de vivre, il y a sept jours ? Pourquoi n'ai-je reconnu ni sa voix, ni son regard, ni la chaleur de son étreinte ? Je leur ai confié, à ces hommes qui l'ont emmené sous la neige, un malade épuisé, mais si vivant, un nerveux surmené qui trépidait encore ; — de quel droit me rendent-ils un vieillard ?

Un vieillard, un vieillard !... cela est-il possible ? Mon ami, mon amant, mon cher compagnon des heures furieuses où nous n'entendions d'autre bruit que celui de nos souffles écrasés l'un dans l'autre, je vous le demande, cela est-il possible ? et si vraiment cela est, si vous n'êtes plus à mes côtés qu'une ombre tendre, qu'une image pâle et voûtée de mon amour, quelle aberration me défendit de prévoir ce qui arrive ? J'ai vingt-huit ans, vous en avez cinquante, et votre jeune âge mûr fut si brillant, si impatient et si piaffeur que j'espérai plus d'une fois, ô mon amour, que je souhaitai pour vous la cinquantaine assagie... Vœu néfaste et qu'un dieu ironique entendit ! Vous voilà tout d'un coup, magiquement, irréparablement, pareil à mon souhait imprudent un vieillard !... Ternie, l'eau sombre et couleur d'étang de vos yeux, et flétrie cette bouche où se caressait ma bouche, et détendus, autour de moi, ces beaux bras forts qui semblaient d'une femme amoureuse !... Oh ! qui donc, et pourquoi, me châtie ? Me voici debout, en larmes, les mains vides, pareille à cette Annie qui pleurait, ici même, la forme la plus tangible et la plus vile de l'amour... Me voici pleine d'une force qui ne s'est jamais tout entière dépensée, me voici jeune et punie, et privée de ce que j'aime en secret d'une ferveur si brûlante, et je me tords ingénument les mains devant mon désastre, devant la statue mutilée de mon bonheur... Celui que je nommais « mon père » par un jeu filial d'amoureuse, le voici, pour le reste de notre vie, devenu mon aïeul...

Il m'aime et souffre en silence d'une douleur humiliée, car je ne veux pas de ce qu'il m'offre et je n'accepte ni ses douces mains habiles, ni sa bouche à qui je dus tant de délices... Mes nerfs et ma pudeur se révoltent, à l'imaginer dans ce rôle d'instrument complaisant et insensible...

Il est là, dans la chambre voisine, inquiet de ma présence et de mon silence. Il a envie de m'appeler et n'ose pas. Depuis qu'il est de retour, je lis sur ses lèvres pâlies le désir d'une question, d'une explication... Mais je me dérobe. Je consens à souffrir — mais pas à l'entendre. Nous mentons héroïquement, avec un sourire heureux d'étrangers. Je vais fredonner maintenant, car je l'écoute penser, et je sens que si je ne parle pas, si je ne chante pas, si je ne remue pas ma chaise, il m'appellera. Je préfère souffrir, lâche, impatiente de ma douleur comme d'une brûlure insupportable lorsque je suis seule ; mais je lui mens, à lui, de toute la sérénité de mon front et de mes yeux, de toute la câlinerie inoffensive de ma bouche, car je ne veux pas qu'il parle, qu'il s'avilisse jusqu'à des excuses dont je demeurerais plus que lui humiliée, — qu'il m'offre je ne sais quelle abdication que je n'accepterais jamais, jamais... Ô ma liberté que je refuse ! Je vous regarde avec un mépris attendri, comme un jouet de mon enfance, — et peut-être, d'ailleurs, que je ne saurais plus me servir de vous...

Et puis, même au plus vif de ma douleur, aux heures de la nuit où je creuse finement ma place la plus cuisante, avec cette sorte d'orgueil imbécile qui me menait, autrefois, à me couper en souriant la langue avec les dents, — au plus fort de cette gymnastique harassante à laquelle s'entraîne ma volonté — n'y a-t-il pas un espoir têtu, presque pas conscient, un espoir de plante secouée par l'orage et qui attend obscurément la fin de la bourrasque ? — n'y a-t-il pas une voix déjà confiante qui chuchote : « Cela s'arrangera. On ne sait pas comment, mais cela s'arrangera. Il n'y a pas de peine irrémédiable, sauf la mort. L'habitude seule de vivre mal à l'aise, de souffrir tous les jours, cette passive routine est déjà un remède, un rythme qui modère et adoucit les heures »...

On ne meurt de rien, déclare la voix coupante de Marthe, et surtout pas de chagrin ! Personne ne meurt de chagrin ! Ainsi, tenez, Claudine... Tout le monde s'est dit, au moment de la mort de Renaud : « Elle va en claquer, pour sûr ! » Et, Dieu merci, elle n'en a rien fait ! Elle a trop de bon sens au fond, trop de goût a vivre...

Je souris par contenance, les yeux vers le jardin, en me détournant de la fumée que Marthe souffle, la bouche gonflée... Elle a vieilli, elle aussi, mais un maquillage éclatant cache son âge. Elle n'a pas renoncé, même pour voyager en automobile, aux nuances crues qui exaltent l'or rouge de ses cheveux et la blancheur de sa peau. Un voile vert sans fin enroule sa toque étroite, et elle a jeté sur un fauteuil le pare-poussière de tussor violet qui protégeait sa robe safran... Elle me paraît plus petite, plus ronde, plus serrée, la gorge tendue, la croupe offerte. Et toute sa figure mobile de pétroleuse mondaine se révolte, agressive, contre la nécessité de vieillir, de grossir, de finir...

Une soixantaine de chevaux, rouge et jaune, a déversé ce matin, au bas de mon perron branlant de pierres noires, Maugis blanc de poussière et rouge de chaleur, Léon Payet en chauffeur masqué et sa femme. Annie suivait, contente de me revoir, gênée de n'oser me le dire... Ils sont entrés, bruyants, dans ma silencieuse demeure, et je n'ai su que les laisser entrer, s'asseoir, déjeuner, — car la solitude m'a rendue timide et lente à m'exprimer...

Maugis sue et souffle, boit de grands verres d'eau et de petits verres de fine champagne. La chaleur l'écrase et il ne peut guère que me serrer les mains dans ses mains moites avec un « mon vieux petit copain, va ! » où je devine ses souvenirs d'ivrogne attendri... Marthe fume et s'évente, et son mari digère, barbu, soigné, ridicule et malheureux. Ma petite Annie, assise dans l'ombre de Marthe, m'inquiète, si lointaine, si pareille à l'Annie d'autrefois, si soumise à la sèche parole de Marthe que je ne sais que penser.

Je subis, patiente, ces gens-là. Ils s'en iront ce soir, quand le soleil descendra. Leurs images auront passé, brèves et tourmentées, sur mon songe paisible. J'attends leur départ avec une résignation d'invitée, et de temps en temps je baisse les yeux sur mes mains brunes de paysanne, croisées sur mes genoux. Je souris, je parle un peu. Je regarde vers le jardin, par la porte éblouissante où les mouches croisent un réseau fin d'ailes argentées. Mes bêtes familières ont fui, offusquées et discrètes, mais j'entends sur le gravier les pattes de Toby-

Chien qui rôde, la voix de Prrrou, ma chatte rousse, qui s'ennuie et qui m'appelle, le cri amical de la Ziasse, ma pie...

Malgré les persiennes tirées, je vois dans l'eau sombre de la glace, devant moi, mon image qui n'a rien à faire parmi celles de Marthe, de Maugis et des deux autres, — mon image foncée, vêtue de blanc, mes cheveux nus et mêlés que le soleil décolore comme la chevelure des bergères... J'attends leur départ.

J'attends patiemment. J'ai l'habitude, maintenant. Je sais qu'il n'y a pas de journée interminable, que les nuits même où l'on se tord de fièvre, révolté à la fois contre la douleur, le drap moite, le tic-tac de l'horloge, que ces nuits-là même ont une fin... Ils partiront bientôt, ceux-ci qui m'ont troublé de cercles miroitants l'eau de ma mare. Ils parlent beaucoup, surtout Marthe. Ils me racontent Paris et les villes d'eaux ; ils s'interrompent, impatientés de mon silence : — « Vous savez bien, voyons ? » — me jettent des noms pour accrocher mon souvenir, comme une corde à un noyé qui barbote... Je dis : « Ah ! oui... » conciliante, et je les quitte de nouveau.

La barre de soleil chemine sur le parquet, à peine, à peine, mais sûrement. Ainsi elle se pose et marche, là-bas, contre l'espalier, sur la joue rose de la plus belle de mes pêches... Écoutons ce que disent ces gens-là, assis devant de grands verres embués où tremble le sirop de framboise coupé d'eau fraîche... Ils ne me parlent plus directement. Ils parlent de moi comme d'une personne endormie à côté d'eux...

— Elle a une mine épatante, n'est-ce pas, Maugis ?

— Oui et non. Elle est culottée comme une bonne selle de chasse. Passée au brou de noix, comme qui dirait. Ça lui va.

— Moi, je ne trouve pas qu'elle ait changé, renchérit Marthe.

— Moi, si, murmure Annie.

— Ses yeux ont plus d'âme, articule suavement Léon Payet à qui on ne demandait rien.

— Elle est peut-être un peu moins vive... observe Marthe. Mais, en somme, regardez, la vie des champs n'abîme pas comme on croit. Il faudra que j'essaie d'une de ces cures de soleil dont on parle tant... On vous verra cet hiver à Paris, Claudine ? Vous savez que j'ai une chambre charmante pour vous ?

— Oh ! merci, Marthe... Non, je ne crois pas...

Elle me lance un regard en coup de fouet, brusque et cordial.

— Allons, ma chère ! il faut se faire une raison !... Il faut réagir, voyons ! Cet hiver, il y aura dix-huit mois que nous aurons perdu ce pauvre ami… Il faut se secouer, que diable ! N'est-ce pas, Maugis ? Vous êtes là à me regarder tous ! Est-ce que je n'ai pas raison ?

— Si, certainement, approuve timidement Annie.

Mais Maugis hausse ses grosses épaules :

— Se secouer, se secouer ! Laissez-la donc tranquille ! Je ne sais pas comment vous pouvez penser à secouer autre chose qu'une absinthe par ce temps-là !

Je souris pour faire quelque chose. Ces gens-là décrètent mon sort, discutent mes gestes comme on le fait d'un noir à vendre… Puis je me lève :

— Venez donc, Annie, vous m'aiderez à cueillir des roses pour vous et pour Marthe.

Et je l'emmène, son bras passé sous le mien, tandis que Marthe nous escorte d'un agressif :

— C'est ça, mes enfants, allez dire vos petits secrets !

Un manteau de chaleur tombe sur nos épaules et je fuis, rabattant les persiennes derrière moi, jusqu'au lac d'ombre fraîche qui s'étale sous le vieux noyer. Annie est derrière moi, les mains ballantes. Sous la chemisette de linon, sa peau brune transparaît, d'un grain serré et brillant, comme une doublure de soie. Elle se tait et considère avec une mélancolie littéraire mon domaine détruit et luxuriant, jardin qui n'est plus un jardin, mur que les racines puissantes du noyer ont crevé d'abord, puis jeté bas, et qui montre l'envers roux et comme incendié de ses pierres… Le rosier cuisse-de-nymphe est mort, lui aussi, il est mort d'avoir trop fleuri… Un chèvrefeuille agile, dévorant, a étouffé ma clématite délicate qui pleuvait en étoiles mauves, si larges et si molles… Le lierre remplace la glycine, tord la gouttière, matelasse le toit qu'il escalade et, ne trouvant plus où grimper, tend vers le ciel un robuste bras tordu, aigretté de graines vertes et d'abeilles vibrantes…

— Il n'y a pas de fleurs, murmure Annie.

Je la regarde avec douceur et lui prends la main :

— Si, Annie. Dans le jardin d'en bas.

À travers les allées rompues sous la vigne vierge qui tend vers nous ses avides crochets, je l'emmène jusqu'au jardin d'en bas, terrasse chaude, étroit jardin, de curé où je soigne mes fleurs communes, phlox que le soleil violace, aconits dont le bleu se délaie, soucis ronds et vermeils comme des mandarines, beaux œillets d'Inde en velours marron et jaune comme des frelons, nichés au petit fer, serrés dans leur calice qui éclate… Le long de l'espalier, un rideau de rosiers défend le pied des pêchers et des abricotiers et je caresse des yeux, en passant, les abricots déjà mûrs, chair lisse que le soleil rehausse de grains de beauté noirs.

— Ne vous piquez pas, Annie, j'ai un sécateur. Laissez, celles-là sont trop fleuries. Les roses thé seront pour vous, ce sont les plus belles. Vous les aimez ?

Le bleu des yeux d'Annie devient humide. C'est sa manière de rougir...

— Oh ! oui. Claudine. Comme vous êtes gentille !

— Je ne suis pas gentille, mon enfant. Je trouve que ces roses vous vont bien, voilà tout.

Elle prend de mes mains les roses que je lui tends, la tige en l'air, pour que les têtes lourdes des fleurs ne s'effeuillent. Elle se pique, s'embarrasse, voudrait parler... Je souris à son effort, mais je ne l'aide plus comme autrefois...

— Comme vous êtes gentille, Claudine ! répète-t-elle. Je ne m'attendais pas à vous trouver ainsi.

— Pourquoi ?

— J'avais une folle crainte de vous revoir, une crainte lâche de voir votre chagrin, de vous surprendre pleurant... Rien qu'à cette idée-là, je me serais sauvée je ne sais où... Marthe m'a fait honte...

— Marthe a toutes les délicatesses...

Elle s'éclaire, ose me regarder en face.

— Ah ! vous avez dit cela comme autrefois. Je suis contente !... Je suis si étonnée, Claudine, de ne pas vous trouver plus...

— Plus triste ?

Elle fait « oui » d'un signe, et j'esquisse le geste d'excuse de quelqu'un qui comprend son tort, mais n'y peut rien... Annie songe, en détachant d'une tige des épines roses arquées et dures, en formes de griffes de tigre... Elle prend un air de componction réservée pour demander enfin :

— Où est la tombe de Renaud, Claudine ?

De l'épaule, j'indique vers le couchant un point invisible — Là-bas, dans le cimetière.

Et je sens que je viens de la scandaliser. La tombe de Renaud... cette miniature d'enclos cerné d'une grille peinte, dont la dalle blanche se salit aux pluies d'orage... C'est d'un cœur contraint et froid que je la soigne. Rien ne m'y attriste, rien ne m'y retient. Rien ne reste, là-dessous, de celui que j'aime, de celui de qui je parle encore, en mon cœur, en disant « Il *dit* ceci... Il *préfère* cela... » Une tombe, ce n'est rien qu'un coffre vide. Celui que j'aime tient tout entier dans mon souvenir, dans un mouchoir encore parfumé que je déplie, dans une intonation que je me rappelle soudain et que j'écoute un long instant, la tête penchée... Il est dans un court billet tendre dont l'écriture pâlira, dans un livre usé que flattèrent ses yeux, et sa forme est assise à jamais, pour moi, mais pour moi seule — sur ce banc d'où il regardait, pensif, bleuir dans le crépuscule la Montagne aux Cailles... À quoi bon parler ?

— Prenez encore cette rose rouge, Annie. Marthe l'épinglera à son voile vert, sur sa robe safran.

Elle la prend sans un mot. Une abeille passe follement et rase de si près sa bouche qu'elle recule, essuie ses lèvres du dos de la main...

— N'ayez pas peur. C'est une abeille qui rentre. Elles ont leur nid là-bas dans un creux du mur éboulé...

J'indique de l'épaule, comme tout à l'heure pour le cimetière, et le regard d'Annie me blâme encore... Je ne me fâche pas. Je me sens vieille et douce, devant une enfant qui ne peut pas comprendre...

Hors des rosiers nains, ceux qui croulent sous des roses jaunes inodores, quelque chose de roux s'élance, bondit dans le soleil, fuse et disparaît... C'est une farce de ma Prrrou, la chatte rouge, ma sauvage, ma folle... Je ris tout haut du saisissement d'Annie :

— Vous savez qui c'est, Annie ? C'est Prrrou. Et Prrrou, c'est la fille de Péronnelle !

— Péronnelle ? ah ! vous l'avez toujours ?

Ses prunelles redeviennent humides ; elle songe à l'année où elle s'enfuit de nouveau, me laissant Toby-Chien et la chatte grise...

— Je l'ai toujours. Elle vieillit un peu et dort beaucoup. Elle a commis, entre autres méfaits, cette fille couleur de renard que je nomme Prrrou... La voyez-vous ?

Entre deux branches d'acacia pleureur, une tête féroce nous guette, d'un roux léonin, avec des yeux d'ambre vert. On distingue le nez large, le menton avancé, les joues musclées comme celles d'un grand fauve...

— Elle a l'air bien méchant, murmure Annie.

— Assez méchant. Elle tue les poulets, écorche les matous, mange les oiseaux et griffe la cuisinière. Moi-même, je la capture rarement, mais elle me suit toujours à distance, même jusqu'aux bois. Elle se gare de tout et n'a peur de rien. Elle ressemble un peu à Marthe, n'est-ce pas ?

— C'est vrai, acquiesce Annie, amusée.

— J'ai été un peu étonnée, vous savez, Annie, de vous revoir toutes deux ensemble ?

Annie se trouble, se pique aux roses qu'elle porte, suce une perle de sang sur son doigt :

— Oui, je sais que ça peut vous paraître étrange... Marthe a mis une telle insistance, une telle gentillesse à me ravoir près d'elle, à m'emmener dans cette tournée d'automobile...

— La voiture lui appartient ?

— Oui... c'est-à-dire... à moi aussi un peu... J'en ai payé la moitié.

— Ah ! bon...

— Et puis — comme on est bête ! — la force d'une habitude ancienne est inconcevable. En face de Marthe, je me retrouve si petite fille, si « comme tu voudras », sa volonté éteint si vite la mienne...

Je lui saisis la main :

— Mais, ma pauvre enfant, vous voilà de nouveau en laisse ?

Le joli sourire équivoque d'autrefois passe sur son visage.

— Oh ! en laisse... Ça se casse, une laisse, vous savez bien...

— Tant mieux, Annie !

— Vous êtes gentille de vous occuper encore un peu de moi, murmure-t-elle d'un air soumis. Je me sentais intimidée de vous trouver si peu pareille à l'image que je me faisais de vous...

— Mais pourquoi, mon enfant ? Vous me vouliez, avouez-le, en cheveux précocement blanchis, et tout empêtrée de crêpe ?

— Oh ! ne parlez pas comme ça, s'écrie-t-elle. Oui, je vous voulais changée, détruite, et semblable à un vestige de vous-même...

Ses bras s'ouvrent, toutes ses roses tombent et l'entourent d'un sentimental et gracieux désordre : — Je vous croyais terrassée, malade, traînant votre vie et la détestant, et haïssant tout ce qui respire et prospère, enfin ! Et vous voilà jeune, alerte, au milieu des bêtes et des abeilles... À quoi bon l'amour, ce grand amour dont vous étiez si orgueilleuse, Claudine ? Après la mort d'un tel amour, vous pouvez donc vivre ? ou bien ce n'était pas l'amour !...

Son cri est sincère. Elle s'indigne, elle qui m'a aimée, que je déchoie dans son cœur, que je puisse, après Renaud, oublier, refleurir... Sortirai-je, pour elle, de mon silence qui dédaigne de s'expliquer ? Non. Je ne souffrirai pas qu'une eau amère, soulevée du fond dormant de ma sereine douleur, monte à mes yeux, délie mes lèvres... Je me penche, je ramasse les roses éparses et j'en comble les mains de mon amie.

— Si, mon enfant, c'était l'amour ! Soyez tranquille, partez tranquille. C'était le plus bel amour, celui qui vit de lui-même et demeure après la vie. Consolez-vous, mon enfant, je n'ai pas perdu mon amour ! Croyez ce que je dis, — ou bien que ma raison m'abandonne un peu, cela ne fait rien.

Les bras pleins de fleurs, elle secoue la tête pour cacher ses larmes qu'elle ne peut essuyer... Ainsi, debout et fleurie, elle pleure comme une plante ruisselle de pluie. C'est moi qui la console, c'est moi qui la berce. Et je ne sais pas si c'est d'elle que je souris avec tant de tristesse, ou de moi...

Un petit bull noir, plus très jeune, un peu épaissi, roule comme un taureau jusqu'à nous, lève vers nos visages unis un mufle de monstre japonais, inquiet parce qu'on pleure et parce qu'on s'embrasse !

— Toby, Toby... mais c'est Toby !

— Mais oui, Annie, c'est Toby. Pourquoi ne serait-ce pas Toby ?

— Je ne sais pas... Il me semblait que toutes ces petites bêtes ne duraient pas si longtemps, Claudine...

— Si longtemps !... Il n'y a que deux ans et demi que vous me les avez données... Et dix-huit mois seulement depuis que Renaud est mort...

— C'est vrai...

Elle frissonne, jette un regard craintif vers la grande maison noire, visible au-dessus de nous, à travers les folles verdures du jardin d'en haut...

— Il est... Il est mort ici ? murmure-t-elle d'une voix effrayée.

— Mais naturellement... Dans notre chambre. On voit la fenêtre, celle qui est grande ouverte...

Elle serre les épaules.

— Et vous habitez encore cette chambre-là, Claudine ?

— Oh ! oui !

J'ai jeté ma réponse avec tant de ferveur qu'elle me regarde, la bouche entrouverte :

— Moi, j'aurais peur... oh ! j'aurais peur !... Il a pas été longtemps alité, n'est-ce pas ?

— Dieu merci non, ma chérie. Huit ou dix jours, je crois... Je n'ai pas compté.

— Ah !... C'est égal, je le verrais toujours là, couché... Vous ne le voyez pas, vous ?...

Elle pâlit en gris comme les mulâtresses. Elle choie enfantinement sa peur nerveuse, cultive son petit frisson...

Je caresse, distraite, son épaule brune, visible sous le linon transparent.

— Mais non, chérie, mais non.

Je prolonge, paresseuse, ma pensée que je n'exprime pas. Annie s'offusquerait, encore une fois, de savoir que s'efface si facilement en moi cette image accidentelle d'un Renaud couché, vaincu, pétrifié à demi par la foudroyante attaque de paralysie... Cette vision-là, je la rejette, je l'élimine comme on fait d'une photographie ratée... Quelquefois encore m'apparaît, obsédante, la longueur emmaillotée de son grand corps sous le drap blanc... Mais vite, je tourne cette page, je feuillette le riche album de notre vie, pour y admirer des vues lumineuses où pas un détail ne manque, pas une couleur, — pas un pli du vêtement qu'il portait alors, pas une lueur bleutée et profonde de son regard, — beau portrait que je flatte exprès, enchâssé dans l'or d'une heure magnifique.

— Héhà !...

Une voix stridente de Walküre chevauchant les nuées nous arrache à nos songes divers. Élégante, verte et safran, remorquant Maugis qui traîne la jambe, déjà touché par l'ataxie, — Marthe vient vers nous. De loin, c'est toujours un Helleu. De près, la collaboration d'un Fournery inférieur s'accuse... Elle fouette l'air de ses gants longs et crie en marchant :

— Allons, là-bas, c'est fini, ces secrets ?... Mes enfants, y a pas, il faut songer à se trotter. Léon est sous l'auto, il arrange un fourbi quelconque, il a l'air d'un chien écrasé...

Annie la regarde s'approcher, une expression ambiguë sur sa petite figure d'esclave... Elle a envie de demeurer avec moi, mais elle craint ma tristesse et ma solitude, qui me sont également chères... Elle redoute sa belle-sœur et cède d'avance devant la nécessité de discuter, de lutter, de prendre un parti...

— Cristi, les belles roses ! C'est épatant. Elles ne vont pas se faner, d'ici Auxerre, Claudine ? Nous couchons à Auxerre ce soir, vous savez. C'est à côté d'ici, cinquante kilomètres. Deux sales côtes, par exemple ! Maugis les montera à pied, ça le fera maigrir.

Il lui jette un regard de crabe fâché et va répondre quelque grossièreté, quand Annie, gentille, avec une soumission de fausse jeune fille, fleurit le veston blanc de l'alcoolique d'une Jacqueminot, à peine ouverte, dont le sombre velours s'embue, au bord roulé des pétales, d'un argent si suave qu'il tente les lèvres... Maugis se penche pour contempler la rose, en plissant son menton double :

— Merci, belle enfant. Elle vous ressemble, cette brunette parfumée, comme une frangine...

Le geste d'Annie m'a choquée. Cette gentillesse pseudo-filiale, cette timidité qui fait des avances... Ô ma petite Annie d'autrefois, je ne veux pas savoir pourquoi vous suivez, dans le ronron assourdissant et poussiéreux d'une grande auto rouge et jaune, ce couple que le hasard unit, que la haine et le mépris séparent, — et ce gros homme brûlé d'alcool, un brave homme si on veut, mais tout allumé pour vous d'un vice paternel...

Ils se hâtent à présent tous, affairés et bavards, courant autour de moi comme autour d'un arbre. Marthe, importante et brève, commande, du fond des voiles verts dont elle est masquée. Elle pense aux plaids, à son inséparable sac à main, s'enquiert de l'état du phare, et Léon Payet, correct et maculé d'essence, évolue sous ses ordres comme un valet de pied bien stylé... Ce bout de femme rondelette inspire la terreur. Elle jette à la volée, sur les bras d'Annie, trois manteaux, une couverture, et s'en vient, délurée, la jupe pincée entre deux doigts sous son pare-poussière, m'offrir ses joues voilées, le fantôme drapé de son petit nez et de son menton têtu..

Maugis oppose, à son autorité bavarde, une glorieuse force d'inertie. Ses mains paresseuses s'enfoncent dans d'immenses poches, sa casquette descend sur ses sourcils, un col entonnoir grimpe jusqu'à ses oreilles, il s'enfouit, rentre dans sa coquille, s'affirme inutile et bourru comme un porc-épic...

J'ai un peu mal à la tête. Par moments, j'ai l'impression que je ne suis pas là, que je dors, que ces gens-là n'existent pas... Annie elle-même s'est enlinceulée de mousseline couleur poussière, Léon Payet darde sur moi de globuleuses lunettes... Ce cauchemar me pèse. Que font autour de moi ces gens sans yeux dont les visages aveugles me parlent ? Les yeux bleus d'Annie ont brillé les derniers, plaintifs, irrésolus. Un tonnerre captif gronde au bas du perron moussu... J'entends des « adieu, adieu !... à bientôt !... On ne sait jamais... La vie est courte... Laissez-vous tenter... » Je sens mes mains saisies et serrées entre des pattes de cuir. Des étoffes, des lunettes frôlent mes joues, mes lèvres, et mon angoisse nerveuse augmente... Ô Peer Gynt en proie aux Trolls !... J'entends encore adieu, adieu, au revoir !... » et puis des cris de : « Annie, Annie ! Qu'est-ce qu'elle a encore oublié ?... » Machinalement, je retourne au salon bouleversé par leur passage et tout à coup une forme mince, mystérieuse sous ses crêpes poussière, fond sur moi, m'enlace, m'enveloppe, une douce voix cachée murmure : « Adieu, Claudine ! Ne m'oubliez pas... Secourez-moi, recueillez-moi, si jamais je tombe à vos pieds comme un oiseau mort... Donnez-moi la pitié que vous accordez aux bêtes... Priez le hasard que, lorsque j'aurai brouillé toutes mes routes, je défaille sur le chemin de votre demeure... » Avant que j'aie pu lui rendre son étreinte, ma pauvre petite égarée s'enfuit, et la gueule rouge et jaune de la voiture engouffre celle qui fut ma très chère vagabonde...

Ils sont partis. Sans force pour rétablir l'ordre paisible de ma maison, je tombe assise. Quelle fatigue d'avoir parlé, d'avoir écouté, d'avoir tendu mes yeux sur ces yeux remuants, sur ces lèvres agitées... Les gestes de Marthe vibrent encore en rond dans ma tête. Ces verres poissés et vides, ces chaises en déroute, on croirait qu'une bande fêtarde a passé là, et le parfum entêtant de Marthe traîne ici, banal, tenace...

Évente, ô mon tilleul en fleurs, évente-moi de ton odeur où l'oranger se mêle à la vanille. Agite, au souffle de tes houppes jaunes, nimbées d'abeilles, cet air alourdi de tabac et de femmes poudrées ! Le soir d'un beau jour chaud et pur descend et pèse doucement sur moi. Mon sang se calme et bat sans rigueur à mes tempes rafraîchies.

Assise au seuil du jardin, je goûte à longs soupirs ma solitude, comme si je m'étais sentie en danger de la perdre...

Ils sont partis, petit bull anxieux qui n'as pas reconnu ta maîtresse d'autrefois, Ziasse jacasseuse et pillarde, boiteuse aux ailes rognées parée d'un demi-deuil gai, et chatte rousse apparue au faîte du mur, pareille à une lionne sur le ciel verdissant, ils sont partis, nous sommes seuls. Seuls, avec le fantôme qui me protège, avec le fantôme de celui que j'aime... Ce n'était qu'une alerte, mes amis silencieux. Reprenons notre vie, qui coule pleine, monotone et courte. Je me remets à penser sans hâte. Je pense à Renaud, qui s'appuyait de l'épaule à cette pierre où je m'adosse. Je pourrais, en me détournant un peu, lui sourire... à quoi bon ? je le vois aussi bien, sans me détourner... Je cesse de penser à lui pour songer aux pêches blondes, menacées des loirs... Qu'épargnerai-je, les pêches blondes et roses, ou bien des loirs veloutés, à queue blanche et noire, charmants et inoffensifs ? Bah ! nous verrons bien... Viens, Toby, contre mes genoux ! Viens jouer à ce jeu cruel que j'imaginai pour nous deux seuls l'an dernier, quand partit celui que je nommais « ton Père ». Je te disais tout haut « Où est ton père ? » et ta tendresse désolée, qui connaît l'irrémédiable, éclatait en cris aigus, en grosses larmes qui moiraient tes beaux yeux de crapaud... Réponds : « Où est ton père ? » Tu hésites, ton nez se gonfle, et tu siffles un doux gémissement peu convaincu... Bientôt tu ne sauras plus pleurer du tout... Tu oublieras...

Oublierai-je, moi, qui l'ai vu mourir ? Oublierai-je la minute où une immobilité effrayante me le prit, avant la mort ? puis-je oublier ses yeux résignés, déjà soulagés de vivre, sûrs de mourir, et surtout ses mains, ses mains féminines que la paralysie, clémente, pétrifia dans leur pose familière, la droite à demi fermée sur un porte-plume absent, la gauche élégante et oisive, le petit doigt détaché... ? Perdrai-je le souvenir de ce jour noir où la forme enchaînée, presque morte déjà, de ce que j'aimais, se débattait encore imperceptiblement, avec le frémissement impuissant d'un insecte englué ? De toutes mes forces, les muscles tendus, j'aidais involontairement à sa délivrance, je serrais les poings, je m'oubliais jusqu'à dire au médecin : « Oh ! je vous en supplie, donnez-lui quelque chose pour le faire mourir plus vite ! » Le regard effaré du brave homme me rendait à peine à la raison...

Ah !... voici ma chauve-souris fidèle ! À me trouver chaque soir assise sur cette pierre, chaque soir elle descend un peu plus, rase de près mes cheveux... Elle nage, crisse, remonte, happe l'invisible et frôle mon épaule quand je la cherche là-haut...

Un dos arqué caresse mes jambes, s'en va, revient, me recaresse... Un ronron mijote au ras de terre, et c'est Péronnelle, grasse et rayée, qui vient me faire son salut du soir... Sous son vêtement d'été, dans le crépuscule, elle semble transparente et palpable, comme une crevette grise dans l'eau marine... La nuit rassurante resserre autour de moi le cercle de mes bêtes amies, et de toutes celles que je ne puis voir dans l'ombre, mais dont j'entends les pas ténébreux : trap-trap du hérisson qui trotte, aventureux, du chou à la rose, de la rose au panier d'épluchures... frôlement sur le gravier comme d'un pied qui traîne c'est la lente marche du crapaud très ancien, le large et opulent crapaud qui vit sous les pierres du mur éboulé. Toby le craint, mais Péronnelle ne dédaigne pas de gratter à tâtons son dos grenu, du bout d'une patte taquine... Sur le laurier-rose, un sphinx vibre, immobile, fixé à la fleur par sa trompe déroulée comme par un laiton très fin. Il vibre si follement qu'il semble transparent, l'ombre de lui-même. Le temps est loin où je n'aurais pas résisté à le saisir, à enfermer dans ma main son vol électrique pour regarder luire, loin de la lampe, ses yeux phosphorescents. Je sais mieux chérir, maintenant, et je veux libres, autour de moi, la vie des plantes et celle des bêtes sans défiance...

Une corne d'automobile, lointaine, trouble notre silence, oriente les oreilles de Toby-Chien, de Péronnelle... Je les rassure « Ils sont partis... » Oui, ils sont bien partis ! Marthe parle sous ses triples voiles. Elle parle de moi et hausse ses rondes épaules : « Ah ! ces grandes douleurs ! Vous voyez ça !... Cette Claudine, elle se la coule douce, avec sa mine de prospérité. La province a des ressources, vous savez... Elle fait ses petits coups en dessous... » Et Annie proteste, révoltée de sentir le soupçon se glisser en elle, — révoltée et prête à comprendre, à excuser une faiblesse qui me ferait si semblable à elle-même. Le soupçon se glisse en elle en même temps que la nuit pénétrante, elle s'y complaît, elle se souvient de ma froideur à parler de la tombe de Renaud, — elle cherche sous la verdure luxuriante et sans fleurs de mon jardin quelque silhouette adolescente de jeune jardinier... « La chair fraîche... Dieu vous garde, Claudine, de cette tentation pire que les autres ! ... » disait-elle...

Je ne crains personne, — ni moi-même ! La tentation ? je la connais. Je vis avec elle, qui se fait familière et inoffensive. Elle est soleil où je me baigne, fraîcheur mortelle des soirs dont la caresse s'abat sur mes épaules surprises, soif ardente pour que je coure à l'eau sombre où tremble l'image de mes lèvres jointe à mes lèvres, — faim vigoureuse et qui défaille d'impatience...

L'autre tentation, la chair, fraîche ou non ?... Tout est possible, je l'attends. Cela ne doit pas être terrible, un désir sans amour. Cela se contient, se châtie, se disperse... Non, je ne le crains pas. Je ne suis plus une enfant qu'il peut surprendre, ni une vieille vierge qui s'embrase à sa seule approche... Toute la force inemployée qui bat si paisiblement dans mes artères, je m'en armerai contre ce vulgaire ennemi. À chaque victoire, je prendrai à témoin celui qui s'accoude à la pierre derrière moi, invisible, et que je vois sans me retourner, — je lui dirai : « Tu vois ? comme c'est facile... »

La nuit descend, prompte à se fermer sur ce jardin dont la grasse verdure demeure sombre au soleil. L'humidité de la terre monte à mes narines : odeur de champignons et de vanille et d'oranger... on croirait qu'un invisible gardénia, fiévreux et blanc, écarte dans l'obscurité ses pétales, c'est l'arôme même de cette nuit ruisselante de rosée... C'est l'haleine, par-delà la grille et la ruelle moussue, des bois où je suis née, des bois qui m'ont recueillie. Je leur appartiens de nouveau, à présent que leur ombre, leur silence étouffant ou leur murmure de pluie n'inquiète plus celui qui m'y suivait en étranger, vite las, vite angoissé sous leur voûte de feuilles, et qui cherchait l'orée, l'air libre, les horizons balayés de nuages et de vent... Solitaire je les aime, et ils me chérissent solitaire. Pourtant, si l'écho, sur un sol élastique et feutré d'aiguilles de pin rousses, double parfois mon pas, je ne presse pas le mien et je me garde de tourner la tête... peut-être qu'Il est là, derrière moi, peut-être qu'il m'a suivie, et que ses bras étendus protègent ma route mal frayée, démêlent les branches...

Ma chère douleur, c'est la tenture sombre et nuancée, le velours sans prix qui double l'intérieur de mon cœur. Des soucis paisibles, des joies sans éclat et quotidiennes s'y brodent, éphémères. L'absence de Renaud — Annie peut m'en blâmer et Marthe en rire — n'empêche pas qu'un petit chien, dont je suis tout le recours, quête innocemment sa pâtée, son écuelle d'eau et sa promenade, — ni qu'une chatte familière joue avec l'ourlet de ma robe de deuil, — ni qu'un peuple délicieux de plantes languisse et meure si je le prive de mes soins... Et quelle amertume d'abord, mais quel apaisement ensuite ! — de découvrir, — un jour où le printemps tremble encore de froid, de malaise et d'espoir, — que rien n'a changé, ni l'odeur de la terre, ni le frisson du ruisseau, ni la forme, en boutons de roses, des bourgeons du marronnier... Se pencher, étonnée sur la petite coupe filigranée des anémones sauvages, vers le tapis innombrable des violettes, — sont-elles mauves, sont-elles bleues ? — caresser du regard la forme inoubliée des montagnes, boire d'un soupir qui hésite le vin piquant d'un nouveau soleil, revivre ! revivre avec un peu de honte, puis avec plus de confiance, retrouver la force, retrouver la présence même de l'absent dans tout ce qu'il y a d'intact, d'inévitable, d'imprévu et de serein dans la marche des heures, dans le décor des saisons...

Deux hivers déjà m'ont ramenée frileuse autour du feu de souches, avec mon cortège de bêtes et de livres, ma lampe coiffée de rose, mon petit pot marron à bouillir les châtaignes, en face de la bergère aux accoudoirs usés par les bras de Renaud... Deux printemps, déjà, ont rouvert toute ma maison sombre sur un jardin enflammé de bourgeons cramoisis et d'iris maigres à tige trop haute... Le soleil me jette dehors, l'averse et la neige me poussent, d'une main souveraine, vers la maison... Mais n'est-ce pas moi plutôt qui décide, d'un soupir harassé de chaleur, la chute brusque des nuages gonflés d'eau, ou, d'un regard détourné du livre et du portrait chéri, le retour du soleil, de l'hirondelle qui fauche l'air, et l'éclosion sans feuilles des crocus et des pruniers blancs ?...

Au tremblement du petit chien blotti contre mes genoux, je m'éveille et sens que j'ai oublié l'heure. Il fait nuit... J'ai oublié l'heure de manger, celle de dormir approche... venez, mes bêtes ! Venez, petits êtres discrets qui respectez mon songe ! Vous avez faim. Venez avec moi vers la lampe qui vous rassure. Nous sommes seuls, à jamais.

Venez ! Nous laisserons la porte ouverte pour que la nuit puisse entrer, et son parfum de gardénia invisible, — et la chauve-souris qui se suspendra à la mousseline des rideaux, — et le crapaud humble qui se tapira sous le seuil, — et aussi celui qui ne me quitte pas, qui veille sur le reste de ma vie, et pour qui je garde, sans dormir, mes paupières fermées, afin de le mieux voir…

Colette

ISBN E-BOOK : 9782384554812
ISBN BROCHÉ : 9782384554829
ISBN RELIÉ : 9782384554836

ISBN E-BOOK : 9782384554843
ISBN BROCHÉ : 9782384554850
ISBN RELIÉ : 9782384554867

ISBN E-BOOK : 9782384554904
ISBN BROCHÉ : 9782384554911
ISBN RELIÉ : 9782384554928

ISBN E-BOOK : 9782384554935
ISBN BROCHÉ : 9782384554942
ISBN RELIÉ : 9782384554959

COLLECTION CLAUDINE

~

Copyright © 2025 by Alicia ÉDITIONS

Credits : www.canva.com ; Alicia Éditions

Photographie de Colette 1910, anonyme, https ://commons.wikimedia.org/wiki/File :Colette_-_photographie.jpg

Signature de Colette, https ://commons.wikimedia.org/wiki/Category :Colette#/media/File :Colette_Signatur_1929.jpg

ISBN E-BOOK : 9782384554966

ISBN BROCHÉ : 9782384554973

ISBN RELIÈ : 9782384554980

Tous droits réservés.

Aucune partie de ce livre ne peut être reproduite sous quelque forme ou par quelque moyen électronique ou mécanique que ce soit, y compris les systèmes de stockage et de récupération de l'information, sans l'autorisation écrite de l'auteur, à l'exception de l'utilisation de brèves citations dans une critique de livre.

www.ingramcontent.com/pod-product-compliance
Lightning Source LLC
LaVergne TN
LVHW032012070526
838202LV00059B/6418